万榕

传播新知 优美表达

金子美铃的诗

全部都喜欢

[日] 金子美铃 —— 著

徐蕾 —— 译

SPM
南方传媒 | 花城出版社

中国·广州

图书在版编目（CIP）数据

金子美铃的诗：全部都喜欢 /（日）金子美铃著；
徐蕾译. — 广州：花城出版社，2024.6
ISBN 978-7-5749-0200-8

Ⅰ.①金… Ⅱ.①金… ②徐… Ⅲ.①儿童诗歌 – 诗
集 – 日本 – 现代 Ⅳ.①I313.82

中国国家版本馆CIP数据核字（2024）第053339号

出 版 人：张　懿
选题策划：王会鹏
责任编辑：王铮锴　邱奇豪
责任校对：梁秋华
技术编辑：林佳莹
封面设计：任展志

书　　名　金子美铃的诗：全部都喜欢
　　　　　JINZI MEILING DE SHI：QUANBU DOU XIHUAN
出版发行　花城出版社
　　　　　（广州市环市东路水荫路 11 号）
经　销　全国新华书店
印　刷　北京翔利印刷有限公司
　　　　　（北京市海淀区万寿路翠微中里 16 号）
开　本　880 毫米 ×1230 毫米　32 开
印　张　12
字　数　220,000 字
版　次　2024 年 6 月第 1 版　2024 年 6 月第 1 次印刷
定　价　49.80 元

如发现印装质量问题，请直接与印刷厂联系调换。
购书热线：024-23284481

目　录

蔬菜店的鸽子

打鱼大丰收

长长的梦

幸福

去上学的路

寂寞的时候

积雪

船帆

金黄色的小鸟

明天

蔬菜店的鸽子

鱼儿

大海里的鱼儿真可怜。

稻米有人种植，
牛儿在牧场有人饲养，
池中的鲤鱼也有人投喂麦麸。

可是大海里的鱼儿，
明明没人照顾，
也从来不淘气，
却还是要被我吃掉。

鱼儿真是太可怜了。

戏园子

竹席搭成的
戏园子里，
戏剧在昨天
落下帷幕。

向高处攀登，
看到附近
小小的牛犊
正在吃着草。

竹席搭成的
戏园子外，
落日也正在
沉入海中。

竹席小屋的
房顶之上，
飞过的海鸥
也染上红色。

蔬菜店的鸽子

大鸽子、小鸽子，
三只鸽子
站在蔬菜店的屋檐下
欢快地咕咕叫着。

茄子的紫，
卷心菜的绿，
还有草莓的红，
都水灵灵地泛着光。

买什么好呢？
雪白的鸽子
一副茫然的样子
咕咕地叫着。

合奏队

放电影的合奏队，
渐渐地走近了。

悄悄地转过头来，
妈妈正背对着我缝衣服。

放电影的合奏队，
走到了家门前。

之后和妈妈说声"对不起"吧，
就这样悄悄地跑出去看看吧。

放电影的合奏队，
渐渐地消失在远处。

女儿节

女儿节到了，
我却什么都没有。

邻居家的人偶很漂亮，
可那也是别人的东西。

我就和我的小娃娃一起，
吃节日的菱角糕吧。

摘瘤子
——民间故事之一

好爷爷脸上的瘤子没了，
总觉得有些不习惯。
坏爷爷脸上的瘤子变多了，
每天都在哇哇大哭。

好爷爷来看望坏爷爷，
我的瘤子居然长到了你的脸上，
哎呀呀，真是可怜，
跟我一起再去一趟吧。

两个人从山里走出来，
好爷爷脸上一个瘤子，
坏爷爷脸上一个瘤子，
两个人都乐呵呵地笑着。

辉夜姬
——民间故事之二

从竹子里
生出来的辉夜姬，
回到了月亮上的世界。

回到月亮上的辉夜姬，
每到晚上就看着下面的世界哭泣。

辉夜姬因想家而哭泣，
糊涂的人们因她可怜而哭泣。

辉夜姬照旧
夜复一夜地哭着，
下面的世界
却不断地变化着。

老爷爷老奶奶
都去世了。
糊涂的人们
也把辉夜姬给忘了。

一寸法师
——民间故事之三

一寸法师不再一寸高，
一寸法师变成了公卿，
骑着马，列队
回到了自己的家乡。

爸爸妈妈听说一寸法师要回来，
高兴地为他准备迎接用的轿子。
抬轿子的，是跑得很快的老鼠。
一二、一二地喊着口号去迎接，
哎呀，哎呀，见到了壮观的队伍，
仔细看一看是哪个大人物驾到呢？

不再一寸高，
变大成了公卿的一寸法师回来了。

海底龙宫

——民间故事之四

海底的龙宫琳琅满目，
有座像月夜一般靛蓝的宫殿。
住在蓝色宫殿里的乙姬，
今天也一整天，望着海面。
又一天地望着海面。

无论怎么遥望，
回到了陆地上的浦岛太郎，
都不会回来了。
浦岛太郎——

大海的深处非常安静，
只有红色的海草在摇曳着，
只有它浅紫色的影子在跟着摇动。

就算过去一百年，乙姬依然会
又一天地遥望下去。

麻雀旅店
——民间故事之五

春天到了，
麻雀旅店呈现出一派生机盎然的景象。
房顶上的小草也开始生长了，
麻雀一家也开始准备赏花。

被切掉了舌头的小麻雀，
没办法说话的小麻雀，
垂着脑袋，把脸埋在袖子里，
难过地不停啜泣着。

麻雀爸爸看了很心疼，
为小麻雀买来了赏花时穿的长袖和服。

麻雀妈妈也很心疼，
为小麻雀做了很多赏花时吃的美味团子。

即便如此，小麻雀也还是
难过地不停啜泣着。

祭典的时候

花车上的小屋搭好了，
海边也建起了刨冰店。

院子里的桃子熟透了，
池塘里的青蛙也一副高兴的样子。

考试在昨天就结束了，
漂亮的丝带也准备好了。

就只等着祭典开始了，
就只等着祭典开始了。

麻雀妈妈

一个孩子
抓到了
一只小麻雀。

那个孩子的
妈妈
微笑地看着。

小麻雀的
妈妈
也看到了。

站在屋檐上
一声不吭地
默默地看着。

月亮和云朵

在夜空的原野
的正中央，
月亮和云朵
突然相遇了。

云朵急匆匆地
躲闪不开，
月亮也急匆匆地
停不下来。

"不好意思啊。"
月亮说着，
慌张地爬到了
云朵身上。

被踩在身上
的云朵，
满不在乎地
轻快回应着。

小小的疑惑

只有我
被训斥。
就因为我是个女孩子，
被训斥。

哥哥
才是亲生的，
我一定是从哪里捡来的
没有妈妈的孩子。

我自己的家
在哪里啊？

老母鸡

一只老母鸡，
站在荒芜的田地上。

它站在田地上想着，
那些被带走的小鸡。
孩子们现在怎么样了？

长满杂草的田地里，
开着几朵大葱的花。

沾染了泥土的白色老母鸡，
站在荒芜的田地上。

盒子的家

盒子的家做好啦。

这已经不再是肥皂盒，
也不再是放点心的盒子。
而是变成了我的新家。

正面有白石的大门，
背面有美丽的花田，
房间一共有十一间，
是座非常漂亮的房子。

我就是住在这儿的
娇小可爱的小公主。

后来，漂亮的房子被拆掉，
变成一堆废墟时，
我还在擦拭着
破旧的、倾斜了的
房间里的柱子。

倒戗刺

不管是舔，还是含在嘴里，都好痛啊，
这长在无名指上的倒戗刺。

想起来了，
想起来了，
曾经听姐姐说过。

"手指上长倒戗刺的孩子，
都是不听爸妈话的孩子。"

前天，我闹别扭哭过；
昨天，也没帮忙跑腿。

去给妈妈道个歉，
会不会就好了呢？

祭典过后

祭典结束的笛声响起，
只好和锣鼓们道个别。

笛声不断回响在
这深蓝色的夜空，
总觉得有些寂寞。

夜空中的银河，
此时也被衬托得
格外明亮。

紫云英花田

零零星星地
开着几朵花的
紫云英花田
正要被耕犁。

目光慈祥的
黑牛
拉着犁头
开始耕地时，
花朵和叶子
也都纷纷
被埋到了
厚厚的黑土地里。

云雀啼鸣着
从空中飞过，
紫云英花田
正在被耕犁。

海峡的雨

一会儿下，一会儿停，
那是天上的毛毛雨。
驶过来，驶过去，
那是摆渡的客船。

两艘过往的船只，
在海峡上相遇。
"今天天气真不好啊。"
"您朝哪儿去？"
"我到那边的外海去。"
"我要去这边，后会有期。"
海峡内的旋涡一圈圈转着。

驶过来，驶过去，
那是摆渡的客船。
一会儿下，一会儿停，
天色渐渐黑了。

内海外海

内海，哗啦哗啦；
外海，轰隆轰隆。

内海有沙滩，
外海有礁石。

内海一片深绿，
外海一片靛蓝。

内海爱欺负人，
外海是生气包。

内海是女孩子，
外海是男孩子。

他们在海峡处打闹，
刮起了旋涡。

编草帽的小女孩

我正在编织的这顶草帽，
会变成一顶什么样的帽子呢？

一定会染成深蓝色，
再系上红丝带，
摆在遥远的都市里的橱窗中，
被明亮的灯光照着。
最后被梳着可爱娃娃头的
大小姐买走吧……

我也好想跟去看看啊。

桂花

桂花的芬芳
在院子里弥漫。

外头的风儿
正在门前徘徊，
是进去呢，还是飞走呢，
它正和门商量着。

睫毛上的彩虹

擦呀擦呀，
眼泪还是不停地流。
泪眼蒙眬中
我想到：

——我一定是个
被领养的孩子吧。

睫毛上出现了
漂亮的彩虹。
看着彩虹
我想到：

——今天的点心，
会是什么呢？

电灯

来到乡村的祭典上游玩，
秋日的夜幕却早早降临。

热闹的抬神轿声
还很远的时候，
昏暗的电灯
仿佛即将熄灭……

仔细观察的话可以发现，
不知打哪儿飞来的虫子
正在悄悄地哭泣。

蛐蛐儿

蛐蛐儿的一条腿
断掉了。

我会追着它跑，
偶尔训斥它。

在这无法照射到
秋日阳光的昏暗环境下，

蛐蛐儿的另一条腿
也开始断了。

没有眼睛的马儿

身披铠甲的马儿
没有眼睛。
身披铠甲的骑兵急着出发，
但马儿没有眼睛，看不到路。

马儿被背上的骑兵敲打，
莽撞地跑了出去。
穿过荞麦田，
越过红红的犬蓼丛，
撞上了一棵松树。

身披铠甲的马儿疼得哭出来，
身披铠甲的骑兵也哭了出来。

白天的烟花

那天，
买了线香型的小烟花。

怎么也等不及天黑，
就躲在仓库里
偷偷地点燃了烟花。

狗尾巴草和落叶松，
被风吹得摇动起来，
掩盖住了烟花的声音。

被点燃的烟花渐渐燃尽，
我也感到
寂寞起来。

几座山

镇子的后面有一座矮矮的山，
山的那一头有一座村子，
村子那边有一座高高的山，
高山再往前有什么，就不知道了。

越过几座山的话，
总有一天会看到，
梦中那令人怀念的黄金城堡吧。

七夕节的细竹

忘记了回家的路的小麻雀，
在海边找到了一片小竹林。

竹林中挂满了五彩斑斓的长纸条，
是在过节吗，真开心啊。

钻进沙沙响的竹林中，
睡得很香的小麻雀，
和竹子一起被放到了海中。

太阳静静地沉入大海，
天上的银河一如既往。

终于，天亮了，
在海中央的小麻雀也醒了过来，
可怜的小麻雀，一定很悲伤吧。

喷泉石龟

神社的石龟喷泉
无法喷水了。

无法喷水的大石龟旁，
小石龟仰望天空，
一副寂寞的样子。

混浊的池塘水面上，
散落了几片落叶。

打鱼大丰收

纸老虎

纸老虎，爱哭鬼，
窝里横，
每次出门
都哭着跑回家。

纸老虎，爱哭鬼，
真可笑啊，
只会在家里
欺负妹妹。

纸老虎，爱哭鬼，
和谁玩呢？
和负责抓人的"猫"，
和落单的孩子一起玩。

房屋中的时钟

太阳公公，升到了天空的正中央，
慢吞吞的时钟，走慢了，
稍微往前调一调，让它赶上太阳公公吧。

乡村房屋中的时钟，
在舒适的家中打着哈欠瞌睡。

博多人偶

蛐蛐儿
哭泣着，
在深夜街道的垃圾桶里
哭泣着。

昏暗的街道上，
一个明亮的橱窗里展示着博多产的人偶，
蓝色的灯光下，
蛐蛐儿映射到橱窗上，
人偶仿佛长了颗泪痣。

蛐蛐儿
哭泣着，
在深夜街道的垃圾桶里
哭泣着。

忙碌的夜空

今晚的夜空非常忙碌，
云朵不断地向前跑着。

即便撞上了半月姐姐，
也浑然不知地继续向前跑着。

小云朵转来转去，惹人烦。
大云朵在后面，追赶着。

半月姐姐也被卷进云朵中，
从云中钻出来，再钻出来，
一次又一次地向前跑着。

今晚的夜空非常忙碌，
真的，真的，非常忙碌。

邮局里的山茶花

曾经开满了红彤彤山茶花
的邮局真令人怀念啊。

黑色的大门令人怀念，
我总是靠在上面看天上的云彩。

那一天的事情也令人怀念，
我拾起漂亮的山茶花，
插在小小的白色围裙上，
逗得邮递员发笑。

红色的山茶花被砍伐了，
黑色的大门也被拆除了。

散发着油漆味道的
新的邮局建好了。

四月

将新发下的课本，
装到新买的书包里。

几片新生的翠绿树叶，
长在新的树枝上。

新一天的太阳公公，
升起在新的天空中。

新开始的四月，
多么令人开心。

茅草花

茅草花啊，茅草花，
雪白雪白的茅草花。

夕阳下的河堤旁，
可以拔茅草花吗？
求求你别拔我，
茅草花左右摇着头。

茅草花啊，茅草花，
雪白雪白的茅草花。

夕阳下的晚风里，
茅草花飞啊飞，
夕阳下的天空中，
变成了洁白的云朵。

白天的电灯

房间里，
孩子出去玩了，
孤零零的电灯
一定很寂寞吧。

外面传来
响亮的玩球的声音，
窗口也照射进来
明亮的阳光。

屋里静静的，
一只苍蝇悄悄落在了电灯上，
孤零零的电灯
一定很寂寞吧。

大树

花儿凋零，
果实成熟。

树叶飘落，
果实坠下。

新芽长出，
花儿再次绽放。

不知要经过
多少次轮回，
大树才会停下来歇息呢。

闹别扭

明明我一个人躲在这里很久了，
却谁也不来找我。

都已经不记得为什么生气了，
却还是没有人找到我。

听着放映队
逐渐远去的声音，
不知为何突然想哭了。

扑克的 Q

夏日庆典结束后
熬夜玩耍，
不小心弄丢了
那张 Q。

不知不觉间
忘记了这件事。
时光流逝，秋天到了，
在爽朗的天气里进行大扫除时，
在地板的下面
又找到了它。

找是找到了，
但上面满是泥土，
女王看起来非常落魄，
就像一位头发花白的老婆婆。

渔夫叔叔

渔夫叔叔啊，
请让我
乘上那艘小船吧。

看哪看哪，
海那边漂亮的云朵
密密麻麻地叠在一起，
请让我
到大海里涌出来的地方去看一看吧。

我愿意把只有一个的
布娃娃送给你，
再把小金鱼也送给你。

渔夫叔叔啊，
请让我
乘上那艘小船吧。

悼念日

直到前段日子，
我每次看到别人家办的
满是鲜花和旗帜的热闹葬礼时，
都还会想：如果我家也有就好了。

虽然今天我家
也来了很多人，
但还是很无聊。
既没有人能陪我玩，
从城里来的阿姨也不说话，
只在眼里噙着泪珠。
虽然没有人训斥我，
但是我莫名觉得有些害怕。
进到殡仪馆的人变成小盒子之后，
大家就如云朵一般从家里涌出，
排好队伍出发了。

大家走了之后就更加孤单了，
今天真的，好孤单啊。

打鱼大丰收

渔夫们起早贪黑，
打鱼大丰收啦。
沙丁鱼大丰收啦。

虽然沙滩上
都是一派过节的样子，
但是在大海中，
会举办数万条
沙丁鱼的葬礼吧。

春节的月亮

月亮姐姐，
你怎么瘦了呢？

为什么在春节这一天，

瘦得像
门松上的松叶一般了呢？

白昼之月

像肥皂泡一样朦胧美丽的
月亮啊，
被风一吹就仿佛会消失的
月亮啊。

现在这会儿，
想必在遥远的某个国家，
正在穿越沙漠的旅人，
正在念叨着，好黑好黑吧。

皎洁的白昼之月啊，
你为什么
不去帮帮他呢？

和歌纸牌

被炉桌上，
堆着橘子，
奶奶戴着的眼镜，
一闪一闪亮着光。

榻榻米上，
散着纸牌，
牌上小小的人儿，
一个两个有好多。

窗子外面，
寂静的夜，
时不时有小冰雹，
哗啦哗啦往下掉。

小镇上的马

山上的野马
被拴在酒馆旁，
小镇上的马
被拴在鱼店前。

山上的野马
急着要回家去，
它卸下背着的大量货物
就要回到山上去。

小镇上的马
是一匹可怜的马，
它背上很多很多的鱼，
被人牵着，呵斥着，
向遥远的小镇出发。

月亮船

天空中满是波浪状的云，
像是一片汹涌的大海。

从佐渡返航的
千松的银船忽隐忽现。

在这大浪中，
就连黄金的船桨都被冲走了，
这下什么时候才能回到故乡呢？

小小的船，
在这波涛汹涌的大海中，
漂来漂去，忽隐忽现。

摔倒的地方

以前回家经常走的小路，
有一次在这里摔倒哭了起来。

那天看到的阿姨，
现在也还在那家店里工作。

桃太郎[1]，桃太郎，
快借我用一下
你的隐身草。

---

[1] 日本民间故事中一个家喻户晓的神话人物。

卖梦人

在新的一年开始的时候，
卖梦人会来卖
美妙的新年梦。

他乘着大大的船，
船上堆着像山一样多的
美好的新年梦。

然后温柔的卖梦人，
还会到买不到梦的偏远小镇上，
会飞到寂寞的孩子们身边，
悄悄地为他们留下美美的梦。

大大的字

寺庙里的银杏树做的大笔，
有没有人能用它写大大的字呢？

占满东边的天空，
大大地写一个"早上好"。

快要出来的月亮姐姐，
会不会也被吓一跳呢？

弹子球

星星布满夜空，
就像一个个漂亮的弹子球。

哗啦一下，弹子球撒在空中，
要从哪个开始弹呢？

先弹一下那颗星星，
再撞一下那颗星星。

弹啊弹啊，总也弹不完，
还剩下满天的星星弹子球。

松果

海岸边松树上的
小小松果，
带着对大海的眷恋，
落到海中，
坐上了一艘小船。

可是那艘小船
漂泊了一整晚，
捕到了鱼，
又回到了原来的海岸边。

天女

在黄昏的林子里，
一个人看着晚霞，
回想起曾经去过的寺庙，
看到漆黑的格窗里，
慈眉善目的天女
吹着笛子坐在彩云上。

我的妈妈也一定
在那样漂亮的彩云上，
正穿着薄纱素裳，
一边起舞，一边吹着笛子吧。

一个人看着晚霞，
仿佛就微微听到，
远处传来了笛声。

吵架过后

孤零零一个人，
孤零零一个人。
草席的上面好孤单啊。

不是我的错，
是那个孩子先吵的。
但是，但是，
真的好孤单啊。

娃娃
也变得孤零零了。
抱着娃娃也还是好孤单啊。

杏花
一片一片散落，
草席的上面好孤单啊。

故事国

故事国的国王，
和侍从们走散了。
故事国的森林里，
天也渐渐黑了。

在这凛冬的雪夜，
就算窝在被炉里，
也总觉得寒冷刺骨。

没有侍从的国王，
该是多么寒冷，
又多么孤单啊。

杜鹃花

一个人在小山上，
闻着盛开的
杜鹃花的花香。

春季的天空
一望无际，碧蓝如洗，
我就像是一只小小的蚂蚁。

吸着杜鹃花甜甜的香气，
我就像是一只黑黑的蚂蚁。

没有父母的小鸭子

月亮
结冰了，
小小的冰雹
打在地面的枯叶上。

降下的冰雹
正是那云间的月亮。

月亮
结冰了，
池塘里的水
也结冰了。

没有父母的小鸭子，
要如何才能入睡呢？

小石子

昨天绊倒了小孩子，
今天还绊住了马，
明天还有谁
会从这里经过呢？

乡间道路上的
小石子，
在泛红的夕阳下
显得若无其事。

桑葚

吃着嫩绿的桑叶，

蚕宝宝长得
又白又胖。

吃着紫红的桑葚，

我被太阳晒得
黑黝黝。

长长的梦

乳汁河

小狗狗，别哭啦，
你快看，天黑啦。

只要天黑了，
就算妈妈不在，

也可以在深蓝的夜空中，
蒙眬地看到一条乳汁河。

幻灯片

那是何时
做的梦呢？

在深夜放映的
幻灯片，
淡淡地映出一幅
令人怀念的
淡蓝色的画。
那熟悉又温柔的双眸
在画中若隐若现。

那是，那一夜的梦吗？

红色的小船

坟上的松树
孤单地站着
眺望着大海，
我也一个人
眺望着大海。

大海湛蓝，
云朵洁白，
还望不见
红色的小船。

红色小船上的父亲，
不知何时梦到的父亲，
父亲坟上的松树啊，
能告诉我是什么时候吗？

葬礼过家家

葬礼过家家，
葬礼过家家。

小坚，来当旗手，
小真，来当住持，
我拿着漂亮的花，
听，法杖叮当作响，
口诵阿弥陀佛。

然后一起被大人训了，
被狠狠地，狠狠地训了。

葬礼过家家，
葬礼过家家，
就这么结束了。

神轿

红红的灯笼
还没有点亮，
秋日的祭典
迎来了黑夜。

玩累了回到家，
爸爸在陪客人，
妈妈也很是忙。

一个人孤单地迎来了夜幕，
小巷里像是刮起了狂风般，
传来了神轿的热闹游行声。

电报投递员

红色的自行车飞驰着，
小路的左右都是麦田。

骑着红色自行车的是，
穿着黑衣服的投递员。

他要去这恬静村落中的哪一家呢？
又将会送过去什么样的消息呢？

红色的自行车争分夺秒，
奔驰在麦田间的小路上。

烧荒与蕨菜

大山上的蕨菜宝宝，
做了个甜蜜蜜的梦。

梦到它变成一只大鸟，
拍打着红色的翅膀在空中翱翔。

大山上的蕨菜宝宝，
从梦中醒来伸了个懒腰。

长出了一点点可爱的小节子，
春天到了，它也要开始生长了。

细雪

细小的雪花
一片又一片，
洁白又无瑕。

松树上堆积，
染上绿一抹。

傍晚

哥哥
吹起了口哨。

我
咬住了袖子。

哥哥
一下就不吹了。

夜晚悄悄地
在外面降临了。

织布工

山里织布的小姑娘，
每天肯定从早上就想着织布。

正织着的这块布，
也许总有一天会变成城里人穿的
漂亮的绸布那样吧。

但是每织一次布，
花纹布里的棉线都一定会变长。

沙盘盆景

天蒙蒙亮，我开始摆盆景，
摆好了沙盘盆景，却谁也不来看。

正午到了，天蓝蓝的，
妈妈一直都在店里很忙碌。

夜幕降临，祭典也结束了，
妈妈却还一直是那么地忙。

夜深人静，我听着蝉的叫声，
默默地把摆好的盆景抹去了。

海边的石头

海边的石头像玉一样，
又圆又滑，漂亮极了。

海边的石头就像飞鱼，
扔出去就会飞快地破浪前行。

海边的石头唱着歌谣，
和浪花一起整天都在唱。

海边的石头一块又一块，
都是漂亮又可爱的小石头。

海边的石头是很厉害的石头，
它们一起把大海抱在中央。

阳光

太阳的使者们，
一齐在空中飞过。
在路上碰到的南风问：
"你们要去哪里呀？"

一个使者说：
"为了让大家能出来工作，
我要去把光亮洒到大地上。"

另一个使者高兴地说：
"为了让世界能更开心，
我要去让花儿绽放。"

又有一个使者温柔地说：
"我要去为纯洁的灵魂，
搭建精神的拱桥。"

最后剩下的使者落寞地说：

　　"我是为了去创造影子，

　　我也还是和你们一起去吧。"

大人的玩具

大人们拿着大大的铁锹，
去田地里翻弄泥土。

大人们划着大大的船，
去海浪里捕捞鱼儿。

大人里的大将军，
有着真正的士兵。

我的小小的玩具士兵，
不会说话，也不会动。

我的小船一下就会翻，
我的小铲子也已经折断。

想想就觉得无聊又没趣，
我也想拥有大人的玩具。

花店的老爷爷

花店的老爷爷
去卖花，
在城里把花都卖光啦。

花店的老爷爷
好可怜，
培育的花全都卖光啦。

花店的老爷爷
天黑了，
孤单地一个人待在小屋里。

花店的老爷爷
做了梦，
卖出去的花儿都很幸福。

淘气鬼之歌

哭着哭着
跑掉了
胆小鬼
讨厌鬼。

我不管他啦，
回家去告状。

那个孩子的
妈妈
会替我
训斥他的。

向我的母亲告状，
我的继母。

采药林

在林子里的草堆旁仔细听，
总能听到各种有趣的声音。

山上的黑土地嘶哑地说：
"已经七天没下雨了，
我好渴，想要喝水。"

小小的蕨菜也伸着手：
"天空中有漂亮的云彩，
看我把手伸长来抓一抓。"

茱萸的芽儿，小草的芽儿，白茅的芽儿，
各色各样的声音吵吵闹闹：
"太阳公公在天上叫我们呢，钻出去看看吧。"
"我也要去，我也要去，我们一起去吧。"

鱼儿的春天

小小的海藻开始发芽，
水面也渐渐变成了绿色。

天上也一定到了春天吧，
我去偷偷看了一眼，阳光好刺眼啊。

飞鱼叔叔，纵身一跃，
一道光般划过天空。

在长出嫩芽的海藻丛中，
我们也来玩捉迷藏吧。

长长的梦

如果今天，昨天，全都是梦，
如果去年，前年，也都是梦。

只要轻轻地睁开眼，
就能看到两个可爱的小婴儿，
正要喝妈妈的母乳。

如果是那样的话，那样的话，
该会是多么令人高兴的事啊。

长长的梦，我全都记得，
如果能像梦一样再来一次的话，
下一次真想成为一个好孩子啊。

祭典上的太鼓

穿着红色的木屐，
咔嗒咔嗒地，
踩在鲜嫩树叶的影子上。

天空是一片淡蓝色，
从空中传来阵阵鼓声，
咚隆咚隆的，
是有人在击打太鼓。

白色的街道上，
站着一匹赛马，
马蹄咔嗒咔嗒，
穿着鲜艳漂亮的衣裳。

庆典的第二天

昨天，神轿旁的热闹景象，
仿佛突然又浮现在眼前，

昨晚听着远处传来的乐声，
我做了一个听戏的梦。

醒来急着找妈妈的时候，
把大家都给逗笑了。

悄悄走出家门，
看这后山上，
空中挂着的月亮姐姐。

邻村的庆典

在墙边偷偷看，
看到一群五颜六色的人经过。

人们络绎不绝地向东边走，
人们的影子也都紧随其后，
扬起一片片白色的尘土。

往西边看去，
那里只有一辆
破旧的、空荡荡的马车。

盯着这些看的，
也只有我和
篱笆墙上的白色木槿花。

庆典什么的，多无聊啊，
我一点也不想去，
今天的天气多好啊。

闭上眼睛仍能听到，

大家向东边村子走的脚步声。

雨过天晴

最先看到的，
是一朵小的繁缕花。
"哎呀，那不是太阳公公吗？"

太阳从云中
稍稍探出了头。

每一棵，每一棵树都伸展枝条，
每一片，每一片叶都喜出望外。

"啊，太阳公公，好久不见呀，
我们都等你好久啦。"

太阳公公从云彩后面探出头，
露出一副调皮的笑脸。

云的颜色

晚霞渐渐消失，
云彩也褪去了颜色。

吵架回来的孩子，
一个人，

看着这样的景色，
忽地哭了出来。

晚安，小船

从小岛驶来的小船啊，你辛苦啦。
河口海湾的浪花温柔地摇晃着，
轻轻地拍着小船的身体，哄它入睡。

载满了鱼儿，远道而来的小船，
你穿过广阔无垠、波涛汹涌的大海，
好不容易来到海湾，快睡一觉吧。

等到岛上的人们回来的时候，
他们就会来买很多很重的大米，
就会来买新鲜的绿油油的蔬菜。

从小岛驶来的小船，静静地等着，
在温柔舒适的海浪里安逸地睡着了。

邻居家的孩子

手里剥着蚕豆，
听到
邻居家的孩子
被训斥了。

我想去偷偷看一眼，
心里又觉得这样不好，
捏着蚕豆走出去，
又捏着蚕豆走回来。

邻居的孩子究竟
做了什么淘气的事儿，
被训斥呢？

小石块

石匠正在加工石材。
一个被切下来的小石块，
飞到街边，
落到了水洼里。

放学回家的路上，
在道路左边奔跑的
光着脚的孩子们啊，
千万要小心呀。

被切下来的小石块，
正在发着火呢。

鱼儿出嫁

鱼儿公主要出嫁了，
嫁到对面的小岛去。

鱼儿排起的长队列，
一直接连到对岸小岛，
闪烁着像是条银丝带。

小岛上的月亮，
提着灯笼来迎亲。

多么壮观的队列啊，
浩浩荡荡地走在海面上。

学说话
——没有父亲的孩子的歌谣

"爸爸，爸爸，
你快告诉我嘛。"
那个孩子撒着娇说道。

我和他们分开，
回到了熟悉的小巷子。
"爸爸，爸爸。"
我轻轻地学着那个孩子，
总觉得有些不好意思。

篱笆墙上的
白色木槿花
也一副笑话我的样子。

买点心

没有告诉妈妈，
一个人偷跑出来买点心，
站在点心店旁的拐角处，
一次又一次走来走去。

手里紧紧攥着
从城里姑姑那里
得到的一枚银币，
紧紧攥着、攥着，
手心都攥出了汗。

莲花

莲花绽放了，
花蕾打开了。
在寺庙的池塘里，
莲上的荷花一朵朵，漂亮极了。

莲花绽放了，
花蕾打开了。
在寺庙的庭院里，
孩子们手牵着手，开心极了。

莲花绽放了，
花蕾打开了。
在寺庙的外面啊，
家家户户都在来往，热闹极了。

幸福

果实和孩子

从树上坠下的果实被人拾走了，
被染坊的继子拾走了。

染坊的继子挨训了，
天黑了回到家后挨训了。

拾走的果实被扔掉了，
从染坊的后门被扔掉了。

被扔掉的果实长出了新芽，
在染坊的继子不知道的地方。

魔术师

昨天，我下定决心，
等我长大之后，
要当一个厉害的魔术师。

昨天来表演的魔术师，
眨眼间就让玫瑰开花，
又把玫瑰变成了鸽子。

乡下

我想看，想看得不得了。

小小的橘子在橘子树上，
金灿灿成熟的景象。

还有，无花果刚出生时，
紧紧地抱在树上的景象。

再有，麦穗在风中摇曳，
云雀在空中歌唱的景象。

我想去，想去得不得了。

云雀应该是在春天歌唱，
橘子树又是在什么时候，
会开出什么样的花儿呢？

只在画中见到过的乡下，

一定还有很多很多
画中没有的事物吧。

幸福

幸福它穿着桃色的衣裳，
正独自一人伤心地哭着。

夜深了，幸福在城里飘荡，
它敲了敲一户人家的玻璃窗，
可是没有人听到。
它孤单地向窗户里看去，
看到了昏暗灯光下的一对母子，
看到了憔悴的母亲和她生病的孩子。

幸福伤心地去了下一户人家，
然后在镇里换了一户又一户，
依然没有任何一户让它进去，

在月光照耀的深夜小巷里，
幸福独自一人伤心地哭着。

我与公主

遥远国度里的公主啊，
和我长得很像的公主啊，
公主想要摘下一朵红色玫瑰，
却被花上的刺所伤，死掉了。

为了安慰悲痛的国王，
忠心耿耿的大臣在某一天，
骑着白马咔嗒咔嗒地离开了城堡。

大臣不知道我的存在，
骑着白马咔嗒咔嗒，
一个劲儿地寻找
和公主相仿的可爱姑娘。

在山的那边，青空之下，
今天也能听到马蹄咔嗒咔嗒的声音。

马戏团的小屋

听着马戏团乐队的音乐，
不知不觉间来到了表演的小屋前。

小屋里的灯一闪一闪，
该吃晚饭了，
妈妈应该正在家里等着我。

透过帐篷的缝隙悄悄向屋里看去，
看到一个和弟弟长得很像的小孩，
不知为何使我觉得那么怀念。

城里的孩子都欢欣雀跃，
牵着妈妈的手走进了小屋。

我靠在栅栏上，
目不转睛地盯着看，
虽然知道妈妈还在等我，
但我却不想回家吃饭。

奶奶与净琉璃

奶奶总是一边缝着东西，
一边给我讲故事。
鹤，千松，还有中将姬……
全都是悲伤的故事。

奶奶讲故事的时候，
偶尔会给我唱唱净琉璃。
仅仅只是回想起都会心痛，
那是非常哀伤的曲调。

可能是想到了悲伤的中将姬，
每提到这件事，
大家都会联想到一个大雪纷飞的黑夜。

那已经是十分遥远的过去，
奶奶唱的歌词已全部忘记。

只记得那无比悲伤的调子，
啊，现在也像冰冷的流水，
静静地渗透进我的心里。

哗啦哗啦，哗啦哗啦，
伴随着吹雪的声音，
渗透进心里。

向着大海

爷爷走向了大海，
爸爸走向了大海，
哥哥也走向了大海，
大家都去了大海的那一边。

大海的那一边
一定是个好地方吧。
他们去了之后
就再也没回来。

我也要快快长大，
成了大人之后，
我也要去大海的那一边看看。

柳树与燕子

"最近怎么样？"
河边的一棵柳树
对一只小燕子问道。

以前经常在柳树枝头
一起啼叫的两只燕子，
有一只在旅途中去世了。

小燕子什么也没说，
忽然离开柳树枝头，
飞向了水面。

再见

下船的孩子对着大海，
下坡的孩子对着大山，
说一声再见。

船儿对着码头，
码头对着船儿，
说一声再见。

钟声对着庙里的大钟，
炊烟对着村里的烟囱，
说一声再见。

城市对着白天，
夕阳对着天空，
说一声再见。

我也来说再见吧，
对着今天的自己，
说一声再见。

讨伐骤雨

脸盆中的小船里，
装着发光的玩具刀，
杉树木头做的步枪，
还有零食店给的饼干。

好了，到了出航的时候了，
船长也该上船了。
路上金鱼要是问我去做什么，
我就会威风地怒吼。

"我要去讨伐刚刚那阵骤雨，
它把我摆好的盆景
全都砸坏之后逃跑了。"

书与海

别的哪个孩子能像这样，
像我这样有这么多的书。

别的哪个孩子还能知道，
知道中国和印度的故事。

大家都是没法读书的孩子，
什么都不知道的渔夫的孩子。

大人都在午睡的时候，
我在读书，
他们都去海里玩耍。

这会儿，
他们一定都在海里，
一会儿乘着浪花，
一会儿潜到水下，
像是人鱼一样，
在尽情玩耍吧。

可是看着书里的
人鱼之国的故事，
我也想去海边了。

突然，就也想要去海边了。

烟花

烟花上升，上升，
飞到空中绽放啦。
绽开的烟花像什么？
就像垂柳，就像绣球。

烟花消散，消散，
在夜空中消失了。
消失的烟花像什么？
就像看不到的国度里的花。

赛跑

每次赛跑的时候，
眼前都会浮现出，
一面深紫色的旗子。

在其他学校的运动场，
和其他孩子排在一起，
心里怦怦跳的我跑了出去，
在跑道上，不小心摔倒的时候，
余光瞥到了我们学校旗子的颜色。

每次赛跑的时候，
眼前都会浮现出，
一面深紫色的旗子。

昨天的花车

祭典的第二天，正午的时候，
到处都是在睡午觉的人们。

我寂寞地来到院子的角落，
看到昨天的花车正在被拉走。

上面的花和人偶都被拆下，
只剩一辆孤零零的花车，
轱辘轱辘地
走在干燥的路面上。

昨天的花车，和拉车的人，
都渐渐沉没进一片尘埃里。

蚕茧与坟墓

蚕被封进了蚕茧里，
封进了那个狭窄苦闷的蚕茧里。

但是蚕一定很高兴吧，
因为它就要变成蝴蝶，展翅高飞。

人被送进了坟墓里，
送进了那个阴冷昏暗的坟墓里。

但是好孩子会长出翅膀，
变成天使飞出去。

沙漠行商队

在广袤无垠的沙漠里，
留下一长道黑黑的影子。
不知疲倦地向前赶路的，
那是行商队，是行商队。
——骆驼也是黑色的，
挤在一起像是长了六条腿。

在烈日炎炎的沙漠里，
太阳静静地在空中发着光。
向南一百里有大海，
向北一百里是椰林。
——那片椰林开出的花，
是长在海滨的这种颜色。

在无边无际的沙漠里，
到处都是沙子的山谷。
在这里不停向前赶路的，
那是行商队，是行商队。
——那是炎热的沙滩上，
小小的黑蚂蚁的队列。

天空中的大河

天空中的河滩上
铺满了小石头，
密密麻麻地
铺满了小石头。

蓝色的大河
静静地向着远方流去，
皎洁的月牙儿
像是一艘白帆船漂啊漂。

梦在大河里流淌，
河道中，
星星也浮上水面，
就像一艘艘竹叶船。

蜜蜂与神

蜜蜂飞舞在花儿中，
花儿盛开在庭院中，
庭院坐落在围墙中，
围墙搭建在城市中，
城市建立在日本中，
日本存在于世界中，
世界于神的怀抱中。

那么，那么神在哪里？
神在那小小的蜜蜂里。

女孩子

女孩子家家，
是不可以爬树的。

去玩踩高跷的
都是野丫头，
去玩抽陀螺的
都是糊涂蛋。

这些我都知道的，
因为我就是这样
一遍遍被训斥的。

月亮之歌

"月亮圆了吗？"

"月亮圆了吗？"

奶奶当初教我唱这首歌时，

月亮恰好也是如现在这般。

"阴历十三了，月圆到九成。"

"阴历十三了，月圆到九成。"

现在我还在当初那个院子，

拉着弟弟的小手教他唱歌。

"月亮还小啊。"

"月亮还小啊。"

我突然停下不继续唱了，

看着月亮却忘记了歌词。

"月亮圆了吗？"

"月亮圆了吗？"

我牵着看不到的奶奶的手，

这样一定能帮我想起来吧。

无人岛

被海浪冲到一处无人岛，
我变成了可怜的鲁滨孙。

孤零零地站在沙滩上，
我眺望着远处的海面。

海面一片碧蓝水汽氤氲，
连片像船的云彩都没有。

今天也仍旧一无所获，
只好落寞地放弃，
回到我的石洞里去吧。

（哎呀，那是谁啊，跑到外面来，
好像是三五个穿着泳衣的小孩。）

把书跳着翻过一百页，
鲁滨孙可喜可贺地得救了。

（爸爸刚从午觉中醒来，

切好的西瓜也刚刚冰好。）

真高兴啊真高兴！

鲁滨孙啊，快快回家吧。

麦子的黑穗

拨开面前金色的麦穗，
去拔掉麦子的黑穗吧。

如果不把那黑穗都拔掉，
它会把其他的麦穗都染黑。

沿着小路走到海边去，
去烧掉那麦子的黑穗吧。

长不成麦子的黑穗啊，
起码可以变成烟，
自在地飞向高空。

进港出港

进港的船，有三艘，
装满了货物进港了。

船上画着三颗星星，
被三角形的船帆挡住了。

出港的船，有三艘，
装满了货物出港了。

船上点着很多红灯，
被那黑色的船帆遮住了。

泥泞

在小巷地上的
泥泞中，
有一汪
湛蓝的天空。

有一片
遥不可及，
又清澈美丽的天空。

在深邃的
高空里，
也有一摊
小巷的泥泞。

跑腿

月亮姐姐，
我要出门跑腿。
把别家千金小姐的漂亮裙子，
紧紧地抱在我的怀里面。

月亮姐姐，
你也要跟我一起来吗？
一起去我正奔向的那个地方。

月亮姐姐，
只要不碰到爱捣乱的孩子，
我就一直很开心。
因为我能帮妈妈干活啦，
能给别人家去送衣服。

而且呀，而且，
月亮姐姐，
我真的很高兴。
因为等你变圆了，
我也能换上春天的新衣服啦。

我的小山坡

我的小山坡啊，再见了。
拔下一根白茅草，
对着蓝天吹起草笛。
我的小山坡上的青草们，
大家都要健健康康地成长啊。

就算我不在了，
别的孩子也会过来玩吧。
如果有不和大家一起玩的胆小鬼，
也会像我一样把这里称作"我的小山坡"吧。

但是对于我来说，
你永远都是我的小山坡。
我的小山坡啊，再见了。

电影之街

蓝蓝的电影里
升起了月亮，
接着出现了一条街道。

那边的房檐上
是不是趴着一只黑猫。

可怕的船夫
是不是要向这边走来。

看完电影
回家的路上
升起了月亮。
来时的街道
也变得陌生了。

小小的牵牛花

那是一个
秋天的故事。

我乘着马车经过一个村子，
竹子围墙里有着一间茅屋。

竹墙根下
开着天蓝色的牵牛花。
——像是一双双眼睛在注视着天空。

那是一个
晴天的故事。

玫瑰的根

第一年盛开的
是一朵又红又大的玫瑰花。
玫瑰的根在土地里想：
"真开心啊，真开心啊。"

第二年盛开了
三朵又红又大的玫瑰花。
玫瑰的根在土地里想：
"又开花了，又开花了。"

第三年盛开了
七朵又红又大的玫瑰花。
玫瑰的根在土地里想：
"第一年的花，怎么不开了呢？"

土地

咔嚓，咔嚓，
土地正在被锄。
它会变成肥沃的田地，
好长出金灿灿的麦子。

从早，到晚，
土地正在被踩。
它会变成宽阔的马路，
方便车辆从这里通行。

不被锄的土地，
没被踩的土地，
会变成没有用的土地吗？

不会，不会，
很多没有名字的小草，
也全都会在那里生长。

去上学的路

黑夜里的星星

有一颗在黑夜里
迷了路的小星星。
那颗小星星
是个女孩子吧？

像我一样
孤零零的没人陪，
那颗小星星
是个女孩子吧？

广阔的天空

我想有一天能出去看看，
去看看那片广阔的天空。

小镇里的是狭长的天空，
天之河的两端尽是屋顶。

我想有一天能出去看看，
去看看那天之河的尽头。
到那连接着大海的地方，
一眼就将天空尽收眼底。

七夕节

竹林里的风儿吹呀吹，
听见竹叶沙沙响起。

星空下竹子长呀长，
却离银河还很遥远，
什么时候才能够到呀？

外海上的风儿吹呀吹，
听到海里浪花的叹息。

七夕节已悄然过去，
银河也要随之消散。

刚刚在海中漂过的是
绑着五彩斑斓长纸条，
独自在浪里醒来的竹枝。

港口的夜晚

阴暗的夜晚。

有一颗

小小的星星在战战发抖。

寒冷的夜晚。

有两盏

船上的灯映在水中摇曳。

寂静的夜晚。

有三只

海中的眼睛在闪着蓝光。

发传单的汽车

发传单的汽车驶来了，
载着欢快的乐队驶来了。

捡起传单，一张红色的；
再捡更多，还有黄色的。

发传单的汽车开来了，
发传单的汽车又开走了。

离开城镇，仍在扔着传单。
红色的传单落到原野上，变成紫云英；
黄色的传单落到田地里，变成油菜花。

这是春天的汽车，继续发着传单。

豉虫

水中泛起一层涟漪，消散了；
又泛起几层涟漪，也都消散了。

只要在水中泛起七层涟漪，
魔法就会随着水花一起消散。

水面上的豉虫现在的样子，
正是被池塘的主人用魔法囚禁起来了。

碧绿的池塘一如既往地，
映照出空中的云彩，不曾消散。

水中的涟漪却一层，两层，
一层接一层地渐渐消散了。

知更鸟之城

住在林子里的知更鸟啊，
林子里树叶一个劲儿地沙沙响。

还是跟我去城里看看吧，
晚上的灯火像花儿一样漂亮，
还能看到好玩有趣的电影呢。

城里来的大小姐啊，
你看我的城市怎么样？

有着数不清的树木组成的家，
晚上的星星也像花儿一样漂亮，
还能看到优雅美丽的落叶舞蹈。

电灯的影子

郊游那天坐在火车里，
有谁突然唱起了歌。
老师听着露出了笑容。

玻璃窗外夕阳染红天空，
不经意间看到电灯的影子处，
像是烟花一般微微摇曳着光。

仔细一瞧，在那片烟花里，
仿佛看到了母亲的面容。

从山上驶回的火车里，
有谁突然唱起了歌。

钟表的脸

白色又耀眼的正午街道上，
旅行商人的蝙蝠
正拖着短短的影子快速飞过。

突然一回头，
看到一张白色的脸。
那是谁呢，盯着这边看。

闭上眼睛再睁开，
仔细一瞧，
那是钟表的表盘。

因为留下来看家，真寂寞啊。
虽然有人一直盯着我看，
结果也只是钟表的脸罢了。

手拉钩

在牧场的尽头，
红色的夕阳静静西下。

栅栏上靠着两道影子，
一个是绑着红缎带的城里孩子，
一个是穷苦贫困的牧场的孩子。

"明天，一定要找到啊，
长着七片叶子的三叶草。"

"要是那样的话，你要带给我，
城里漂亮的喷泉。"

"嗯，说定了，来拉个钩。"
两人将手指钩到了一起。

牧场尽头的草丛
逐渐被黑暗笼罩，
夕阳之下，有什么在自言自语。

"就这样悄悄藏在草丛里吧，
明天一天都不想露出头。"

光着脚

土地脏脏的，湿得泥泞，
光着的脚多干净啊。

一个素不相识的姐姐，
帮我穿上了木屐的带子。

土地与小草

找不到妈妈的小草籽啊，
成千上万的小草籽啊，
是大地在养育着你们。

小草茁壮成长，
青青翠翠，茂茂密密，
却遮住了广袤的土地。

葫芦花

在蝉都停止鸣叫的黄昏，
有着一朵，一朵，
仅仅一朵。

紧紧地，紧紧地
闭合着。

仅仅一个绿色的花苞，
怎么也打不开。

啊，一定有个神仙
正悄悄睡在这里面呢。

太阳公公，雨哥哥

草坪上沾满了灰尘，
雨哥哥来帮忙清理。

草坪里浸满了雨水。
太阳公公来帮忙晒干。

我就这样躺在草坪上，
自由自在地眺望天空。

和尚

海湾岸边的小路上，
小小的浪花打来打去。

一个陌生的旅途中的和尚，
轻轻地牵起了我的手。

"他不会是我的父亲吧？"
不知为何，我突然这么想。

那是很早以前的事了，
是再也回不去的日子。

海湾岸边的小路上，
很多螃蟹爬来爬去。

我看着天边那轮
蒲公英色的月亮。

海滨的神轿

波涛汹涌的
那浪潮，人的浪潮，
快要把神轿的船打翻了。
"一二，一二，一二，一二。"

眼看着
那浪潮，人的浪潮，
一下子都退到邻村去了。
"一二，一二，一二，一二。"

后边跟着的
那浪潮，海岸的浪潮，
一如既往地，涌来涌去。
"哗啦，哗啦，哗啦，哗啦啦。"

空地上的石头

空地上的石头
突然就不见了。
用它来捣年糕
多合适啊。

石头被马车
载着拉走了。
空地的小草
也都很伤心啊。

小牛犊

一，二，三，四，在路口，
我们一起数着经过的货车。
五，六，七，八，数着数，
第八辆货车上拉着小牛犊。

他们把小牛犊诱骗上了货车，
小牛犊要被卖到什么地方去呢？

傍晚的路口吹着凛冽的寒风，
我们一起目送着远去的货车。

小牛犊的妈妈不在身旁，
到了晚上该怎么睡觉呢？

小牛犊要去哪里呢，
到底要去哪里呢？

朝圣

油菜花盛开的时候，
在海边街道遇到的
那个朝圣的孩子为什么不来了？

是我做错了什么吗？
那时我带了零花钱，
足够买三个纸偶了。

但我没有买那个纸偶，
只是现在这样回忆着，
等待着那个朝圣的孩子。

秋高气爽的街道上，
大大小小的蜻蜓
从空中投下点点影子。

早与晚

早晨是从哪里来的呢?

它从东边的山头上,
悄悄露出头张望着,
一下就跑到天空中,
又安静降落到村里。

趁太阳升起之前,
树荫里,
地板下,
它四处张望着。

夜晚是从哪里来的呢?

从树荫里,
从地板下,
忽地一下涌出来,
变大站在屋檐下。

夕阳落下去之后，
夜晚上升到云端。

彩虹与飞机

城里的人们第一次
看到了彩虹。
跑出来看飞机，
却看到了彩虹。

阵雨过后的天空中，
飞机快速地
飞过了彩虹的身体。

我知道了，
我知道了，
飞机想让人们
看看这道彩虹，
是作为彩虹的使者
飞过来的。

大树

一只小鸟飞来，
落在了树枝的尖儿上。
一个小孩跑来，
在树荫下荡起了秋千。
一片叶子长出，
长在那嫩绿的新芽里。

那棵树，
那棵树，
一定很高兴吧。

月亮与盗贼

十三个人的盗贼团，
从北边的山里走出。
列成一支黑色队伍，
打算要来洗劫村庄。

孤身一人的月亮啊，
从东边的山处升起。
洒下一片银色月光，
打算要去装扮村庄。

黑色队伍照到月光，
变成一支银色队伍。
银色队伍不停赶路，
却走过了银色村庄。

十三个人的盗贼团，
在这片银色的世界，
忘记了回山上的路，
也忘了去村庄的路。

回过神来这里是哪？
南边的山升起曙光，
不知何处传来公鸡
咯咯不停的打鸣声。

薄雪

下雪啦，
下雪啦。

为了让地面泥泞，
一落下就消融了，
不停地下着。

雪花哥哥，雪花姐姐，
还有雪花弟弟妹妹们，
一片一片争先恐后地，
不停地下着。

它们很快乐地
飞舞着，
为了让地面泥泞，
不停地下着。

去上学的路

去上学的路很长，
所以我总是在路上编故事。

要是路上谁也没碰见，
我就一直编到学校。

但不管我碰到了谁，
我都得跟他们打招呼吧。

然后我就想到
晴天，冰霜，
还有变寂寞的田地。

所以我故意地
路上和谁也不打招呼，
想趁着故事还没结束，
就那么走进校园里。

茶柜

茶柜里
放着铁皮罐，
就像童话故事里的
银色的壶。

时钟第三次
敲响的时候，
壶里面就会跑出
美味的饼干。

茶柜里
还放着零食篮，
昨天放在里面的
是蜂蜜蛋糕。

零食要是没有
多到漫出来，
篮子现在肯定
还是空着的。

绕柱子

来玩会儿绕柱子再回家吧。

绕着学校的大门转呀转，
有树的话就绕着树转呀转，
围在花坛周围绕着转呀转，
大家一起手牵着手转呀转。

这条路上，什么东西都没有，
啊，有一个一年级的小孩，
把那个孩子围起来转呀转。

"绕柱子，怎么样？"
"绕柱子，有趣吧？"

云的孩子

有风的孩子的地方，
就有浪的孩子和它一起玩耍。

有浪在的地方，
也一定有风在吹拂。

但在空中旅行的
云的孩子却很可怜。

被风吹着，
在后边气喘吁吁地跟着跑。

空虚

红色的小匣子里，
满满地装着漂亮的布头，
把它们都给我的人偶穿上，
我的人偶，一副空虚的样子。

因为空虚，所以它一直不动，
不会弄脏自己的脸，弄掉自己的手，
是这世上最干净漂亮的人偶。

因为空虚，所以它擅长包容，
你既可以和它说话，也能让它倾听，
是这世上最聪明伶俐的人偶。

红色的鹿斑衣，漂亮的和服，
我一件又一件地给人偶换衣服，
我的人偶，仍一副空虚的样子。

山茶花

看不见，看不见，（用手挡住脸）
哇！（突然露出鬼脸逗孩子笑）
是谁在哄孩子呢？

是风儿，
正吹拂着后院里的山茶花。

看不见，看不见，
哇！
是谁一直哄着孩子呢？

是天空，
又露出要流下泪水的表情。

寂寞的时候

那个时候

来到能看到家的这个拐角处，
令我想起了那件事情。

我必须继续，
继续和妈妈"闹别扭"。

因为，妈妈说：
"天黑之前，不许离开！"

但是，大家都叫我出去玩，
我一下忘掉叮嘱，跑出去玩了。

虽然很讨厌这种规矩，
但也只能遵守。
只要我乖乖的，
妈妈还会喜欢我。

水手和星星

水手看见了星星，
星星说：
"来呀来呀，快过来呀！"
海浪拍打得很高。

水手的眼中闪闪发亮，
不惧风雨，不怕海浪，
驶向了星星的方向。

不知不觉中，
水手上了岸。
尽管星星如料想般非常遥远，
却还一直想着"星星，星星"。

水手从海中离去了，
海浪更加愤怒地拍打着。

下雨天

把彩纸撒满原野吧，
让荒野变成春天吧。

咔嚓咔嚓地剪着彩纸，
盼望着明天是好天气。

黄昏时彩纸不知被谁丢掉了，
就像被遗忘的银杏叶散落一地。

笑

如同漂亮的蔷薇色，
又比芥菜籽还要小，
散落到地上时，
像烟花一样啪的一声燃放，
绽放出大大的一朵花。

就像涌出的眼泪一样，
浮现出像这样的笑容，
是多么、多么美丽啊。

从梦里到梦里

一寸法师在哪里呢？
他的身体轻飘飘地从
一个梦里飞到另一个梦里。

那他白天在哪里呢？
白天也从睡午觉的孩子们的
一个梦里飞到另一个梦里。

没有梦的时候，他在哪里呢？
没有梦的时候，不知道呀。
因为不会有，没有梦的时候。

金鱼的坟墓

寂静昏暗的土地里面，
金鱼正在盯着什么看。
在看夏天池塘的花藻，
和在水中摇曳的光影。

无声无息的土地里面，
金鱼正听着什么声响。
听着轻轻踏过落叶的，
夜间阵雨里的脚步声。

阴冷刺骨的土地里面，
金鱼正在思考着什么。
想着金鱼店里鱼缸中，
自己以前的好朋友们。

灰尘

开花爷爷，给我一些灰尘吧，
把箩筐里剩下的灰尘给我吧，
我要用它去做好事。

樱花，玉兰，梨花，李子，
我不会把灰尘撒给它们，
因为反正春天来了它们都会开花。

森林里的树木，
看起来多可怜，
一次都没有开过红色的花，
我要把灰尘全部撒给它们。

如果森林能开出漂亮的花，
那树木得有多高兴啊。
我看着它们，也会非常开心。

陀螺果

红红的，小小的陀螺果；
甜甜的，涩涩的陀螺果。

把陀螺果放在掌心上，
一个转着玩，一个吃掉，
都吃完了就再去找。

独自一人走向采药林，
红色的陀螺果数也数不清，
都藏在了灌木丛的阴影里。

孤身一人待在采药林，
只要玩着陀螺果，时间也过得飞快。

湿气球
—— 暴雨警报器

晚霞倾洒，
湿气球被染上一抹红。
湿气球下，
小牛犊快乐地玩耍。

不记得什么时候，
湿气球发出过警报。
现在人们，
不再讨论暴雨的传闻。

晚霞倾洒，
湿气球被染上一抹红。
什么时候，
会再通知暴雨来到呢？

数星星

伸开双手，
数星星。
数来数去，
只有十颗。
昨天也是，
今天也是。

伸开双手，
数星星。
数啊数，
还是十颗。
无论何时，
都是十颗。

袖子

带袖子的浴衣很高兴啊，
像是要去别人家做客一样。

来到阳光明媚的后院，
葫芦花静静地绽放着，
袖子愉悦地跳起舞来。

哗哗甩着袖子，又把手收起来，
悄悄环顾四周，怕被别人看到。

散发着蓼蓝香气的新做好的，
浴衣袖子很高兴啊。

寂寞的时候

我感到寂寞的时候，
身边的人都不知道。

我感到寂寞的时候，
朋友都在嬉笑打闹。

我感到寂寞的时候，
只有妈妈非常温柔。

我感到寂寞的时候，
佛祖也会感到寂寞。

杉树

"妈妈，我以后会变成什么？"
"会变得比现在高呀。"

小杉树心想：
长大以后，我就要
像山顶盛开的百合花一样，
也要开出大大的花；
像山脚灌木丛中的黄莺一样，
也要唱出优美的歌。

"妈妈，我长大了，
我会变成什么呢？"
长大的杉树问道。
杉树的妈妈已经不在了，
大山回答说：
"会变成你妈妈那样的杉树呀。"

报恩法事

做法事的那天晚上是冬天，
没有下雪，漆黑一片。

走着昏暗的小路到了寺庙，
看到了大大的蜡烛，
摆好的巨大的火钵，
亮堂堂的，暖洋洋的。

大人都安静地说悄悄话，
孩子一嬉闹就会被训斥。

可是，在这样明亮又热闹的地方，
小伙伴都聚在一起，
根本无法规规矩矩的。

半夜回到家里，
还是兴奋得睡不着觉。

做法事的那天晚上夜深了，
外面还是不断传来木屐的声音。

莲花与小鸡

泥泞中，
开出了莲花。

这并不是莲花的意愿。

鸡蛋里，
孵出了小鸡。

这也不是小鸡的意愿。

我注意到了这件事。

这当然也不是我的错啊。

朝圣与花

快走呀，
快走呀。

朝圣的女孩停下了脚步。

她看着春日里的
一家漂亮的花店。

快走呀，
快走呀。

朝圣的女孩一直盯着看
那朵不知名字的西洋花。

屏着呼吸，
也不歌唱。

石榴

"石榴先生，如果成熟了，
可不可以送给我啊？"
孩子在石榴树下呼唤着。

"别做梦了，就算熟了，
也是我先来吃。"
树上的乌鸦叫嚷道。

通红的石榴一言不发，
只是一个劲儿地
向下，向下垂着。

海螺的家

天亮了，
海边的沙子路上，
敲门声咚咚响起。
"您好，我是来送奶的，
海豚的奶我给您放这吧。"

中午到了，
两边栽着海藻的林荫路上，
车铃声叮当响起。
"号外，号外，
鲸鱼被渔网抓住了。"

夜深了，
岩石的阴影下，
敲门声咚咚响起。
"快开门，快开门啊！
电报送到了。"
但却静悄悄的，没有回应。

是感冒了吗，还是不在家，

又或者是在睡懒觉吗？
海螺家的门一直紧闭着，
不论是白天，还是黑夜，
都是静悄悄的，没有回应。

寒九冬雨 ①

黄昏，大雨倾盆，
街上还未点灯，
路灯一动不动，被雨淋着。

昨天放的风筝，
还像昨天一样，
高高地挂在树梢上，
它破破烂烂的，被雨淋着。

一手扛着重重的伞，
一手提着刚买的药，
我向着家中走去。

黄昏，大雨倾盆，
橘子皮上
也都挂满雨滴，被雨淋着。

---

① 入寒第九天下的雨，预兆丰收。

车轮与孩子

乡间小路上，
车轮轧来轧去，
像轧小石子那样，
轧碎了一朵紫罗兰。

城镇大街上，
孩子跑来跑去，
像采一朵花那样，
捡起了一块小石子。

漫长的白昼

云朵的影子，
从这座山
飘到另一座山。

春天的小鸟，
从这个枝头
飞到另一个枝头。

那个孩子的眼眸，
从这片天空，
注视到另一片天空。

在漫长的白昼里做的梦，
会飞到比天空
更遥远的地方。

十字路口

有没有哪个
我不认识的行人，
来问问我回家的路怎么走？

我闹别扭离家出走，
在这秋日的黄昏，
徘徊在十字路口。

柳叶一片一片落下，
灯光一盏一盏点亮。

有没有哪个
我不认识的行人，
来问问我回家的路怎么走？

光的笼子

我现在，是一只小鸟。

住在夏日的树荫下，
光的笼子里。
被从未见过的主人饲养着。
一遍遍唱着我会的歌，
我是一只可爱的小鸟。

只要我啪的一声张开翅膀，
就能把光的笼子弄坏。

但是我很乖很听话，
只是被养在笼子里唱着歌，
我是一只善良的小鸟。

山上的枇杷树

山上的枇杷树，
枝头上坐着一个人。
他折下一截树枝，
扔给刚爬到山顶的我们。
那上面挂满了
金黄的
熟透了的枇杷果——

山上的枇杷树，
现在只剩下了叶子。
枝头处空无一人，
我吹着山顶的秋风，
一个人向山下走去。
一道孤独的影子
长长地落在地上——

石块和菜种

石块
埋在街道的土里。

菜种
埋在田地的土里。

春雨浇在街道和田地里，
阳光照在街道和田地里。

菜种从田地里钻出了芽儿，
菜农都很高兴。

石块也从街道的土里露了头，
绊倒了一个行乞的孩子。

家旁的杏树

家旁杏树的花全都开了，
有的在雨中，有的在月夜，
我全都看到了。

花瓣随风飘落，
飘过院子的围墙，
落到了我家的浴缸里。

叶子下面结出小小果实的时候，
大家都把杏树给忘掉了。

我不知等了多久，
终于等到果实熟透的时候。

于是我摘下了
两颗红彤彤的杏子。

钟摆

从时钟的玻璃窗往里瞧，
停止的钟摆非常寂寞。

透过窗户可以看到小镇里，
孩子们正在玩着跳绳游戏。

有谁可以来找我玩吗？
能和我一起荡秋千吗？

从时钟的玻璃窗往里瞧，
生锈的钟摆非常寂寞。

伊吕波纸牌

走在去接哥哥的路上，
天上正下着蒙蒙细雨。

忽然传来孩子们的声音：
"花不如团子，快找到'花'字。"

循声望去，那家窗户紧闭着，
但些许明亮的灯光从中漏出。

"准备好了吗，要说下一个了……"
我继续向前走，
向着那漆黑的地方接着走去。

花儿与鸟儿

花儿与鸟儿，
在图画绘本里，
玩耍着。

花儿与鸟儿，
在葬礼灵台前，
排列着。

展柜里的花儿，
能和谁一起玩呢？

笼子里的鸟儿，
能和谁一起玩呢？

小麻雀之墓

想给麻雀建一座坟墓，
上面写上"小麻雀之墓"。

风儿吹来，仿佛在嘲笑我，
我默默地把笔收回袖子里。

一场雨过后，
我出门寻找小麻雀的墓，
可是，墓在哪儿呢？
只剩下满地白色的小花。

"小麻雀之墓"，
虽然没能建好，
但也不会抛弃。

红土山

红土山上的红土，
被卖到了城镇里。

红土山上的红松树，
从根处坏掉，
一边倾斜着，一边哭，
目送着驮着红土的马车。

耀眼的蓝天下，
一条安静的白路上。

驮着红土的马车，
向着城镇越走越远。

积雪

仙人

吃完了花儿的仙人，
又飞回到天上去了。
到这里童话故事就结束了。

我也去吃了一朵花儿，
绯红的桃花是苦的。
然后我又吃了朵紫云英。

如果吃了很多的花儿，
就能变成仙人飞到天上吧。
于是我又吃了一朵花儿。

可是天就要黑了，
家里的灯点起来，
我必须回家吃饭了。

乒乓球

二楼的磨砂玻璃上，
映出了几个
打乒乓球的身影。

港口城市的春夜里，
月亮也撑起了雨伞。

和妈妈一起从澡堂里出来，
身上散发出肥皂的淡淡清香，
木屐在路面上啪嗒啪嗒地响。

就算走了很远，
也还是一直能听到
一串串清脆的乒乓响声。

和好

开满紫云英的田间小道上，
柔美的春霞灿灿，
那个孩子站在小路对面。

那个孩子手里攥着紫云英，
我也采下了一朵。

那个孩子笑了，
我也不自觉地跟着笑了。

开满紫云英的田间小道上，
柔美的春霞灿灿，
小小的云雀阵阵啼叫着。

海底花园
——位于泽江的海

海湾底下的花园，
从船上就能看到。

光的白色蝴蝶飞舞着，
翠绿的子午莲摇曳着。

紫色的水母的花似是牡丹，
在海底的花园无数绽放着。

这么美丽的花园，
陆地上却看不见。

岸上只能欣赏那不起眼的，
在岸边绽开的决明子花。

在远处的大海之下，
有山丘、峡谷和河床，
还有那龙王的御花园。

那是只认识陆上花的孩子
无法想象的美丽海底花园。

秋千

电线杆长着铁的树枝，
那是维修工攀登用的。
我把秋千绳挂在上边。

因为这里又没有大树，
家里小，还没办法玩。
只好把绳子挂在这里。

坐上秋千刚摇了一下，
就撞上了那根电线杆。
只好解开秋千绳离开。

将绳子一圈圈缠在手上，
我默默地奔跑着离开了。
跑到能跳绳的小巷里。

热闹的葬礼

那是个晴朗美丽的春日。
举办了非常壮观的葬礼。

花朵编成的数百个花圈，
一一摆放在晴朗的天空下，
花儿都一副开心的样子。

鸽子扑扇着黑色的翅膀，
被拉到涂得朱红的车上，
那黑色也都闪闪发着光。

啊，突然有一个小男孩，
悄悄从花环中钻过去了，
我也想学着他去钻一钻，
就像那个祭典的晚上，
我躲到神轿下面一样。

薄薄的白云在空中浮动，
高高的旗子在一旁飘扬，
真是个安稳柔和的春日。

原文注：四月二十六日，是举办一个叫作伊藤××的大地主葬礼的日子。花圈摆了二百多对，很多人来看热闹。大家又紧张又兴奋。

燕子

燕子突然嗖的一下飞向空中，
目光被它吸引着，
抬头看到了夕阳的天空。

在空中看到了，
似口红般美丽的晚霞。

这才想到，
春天来了，
燕子又飞回镇子了。

佛龛

从后院里摘来的橙子也好，
从城镇里带回的点心也好，
我们都得不到，
必须供奉到佛龛上。

不过温柔的佛祖，
很快就会还给我们。
所以我恭敬地，
两手捧着再接过来。

家里虽然没有花园，
但佛龛边上，
却总是开满鲜花。
让房间里也飘满花香。

而且温柔的佛祖，
连花儿也会赐下。
所以我们也不可以
踩踏那些凋落的花瓣。

每个日夜，都有个老奶奶
来给佛龛点上灯。
佛龛里全都闪耀着金黄色，
像一座宫殿，熠熠生辉。

每个日夜，我也不曾忘记，
对着佛龛敬个礼。
然后就能回想起，
之前被我忘掉的一件件事情。

就算我们忘记了，
佛祖也一直帮我们记得。
所以我也总说：
"谢谢您，谢谢您，佛祖大人。"

虽是一座辉煌的黄金宫殿，
大门却非常小巧。
如果我是一个乖孩子，
是不是有一天就可以走进去呢？

谁能对我说真心话

谁能对我说真心话呢？
告诉我，我究竟美不美。
邻家的阿姨夸奖了我，
可她却带着一丝笑意。

谁能对我说真心话呢？
我去问花儿，花儿摇摇头。
倒也难怪，因为花儿，
长得是那样美丽。

谁能对我说真心话呢？
我去问小鸟，小鸟飞走了。
这一定不是个好问题，
所以小鸟才一声不吭地飞走了。

谁能对我说真心话呢？
去问妈妈的话，又有些奇怪，
（我究竟是个漂亮的乖孩子，
还是长得很奇怪呢？）

谁能对我说真心话呢？

告诉我，我究竟美不美。

积雪

上面的雪，

一定很冷吧。

被寒冷的月光笼罩着。

下面的雪，

一定觉得很重吧。

一直背着好几百个人。

中间的雪，

一定很寂寞吧。

看不到天也看不到地。

紫云英

听着云雀的歌声采着紫云英，
不知不觉就采多了。

要是带回家，它就会枯萎；
要是枯萎了，就会被人丢掉。
就像昨天那样，被丢进垃圾箱。

我走在回家的路上，
发现了一个没有花的地方，
轻轻把紫云英都撒落在这里。
——像个春天的使者一样。

气球

一个拿着气球的孩子站在我身边，
就像我自己拿着气球一样。

在祭典刚刚结束的后巷，
还可以听到不知哪儿传来的笛声。

红色的气球，
皎洁的白月，
一同出现在这春天的夜空。

那个拿着气球的孩子走了，
我却感到了些许寂寞。

折纸气球

折好一个纸气球，拍一拍手，
把气球送上了天空。

丝绸般旗状的云，羽毛样的云，
还有像柳枝般，一缕一缕的云。

在这片竹山哼唱着童谣，
小猴子也一定都很开心。
在这春日我也拍起了手，
大家一起高兴地来玩吧。

一个人在这晴天里玩耍，
一个人在这春天里玩耍。

电线杆

耳边响起麻雀的叽叽喳喳声，
被吵醒的电线杆睁开了睡眼。

小车拉着蔬菜渐渐走远，
从蔬菜车消失的地方，
走来一位辛勤的修理工人。

正午过后刮起了刺耳的狂风，
孩子都赶紧捂住了耳朵。

一个断了线的气球，
擦过电线杆的鼻尖飞走了。

黄昏时夕阳西下，
小星星从电线杆的头顶钻了出来。

脚边，基督教徒正在歌唱，
电线杆又渐渐睡去了。

千里眼

我想用枪，
打中山那头鸽子的眼睛。
要是有了这样一双千里眼，

就算住在城里，坐在妈妈身边，
也可以看到乡村的景象，
看到森林，和树枝上巢里的小鸟。

可以看到海面上的小岛，
看到背阴处岩石下面的鲍鱼。

可以看到日落时天空中，
云霞中天使的模样。

要是有了这样一双千里眼，
就算我一直都坐在妈妈身边，
也可以看到各种各样的景色。

声音

在天空依然明亮的黄昏，
总觉得从远方
传来了什么声音。

那声音像是波浪在拍打礁石的声音。
又像是孩子们
在玩捉迷藏的嬉闹声。

在肚子有些饿了的黄昏，
总觉得从远方
传来了什么声音。

小姑娘

向我问路的旅人离开，
看着他远去的背影，
我却忽然有些恍惚。

我常常幻想，
自己住在童话里的城堡，
被人们唤作公主，
可我却仍是贫穷的乡下人。

"小姑娘，谢谢你。"
想起刚刚的旅人，
我偷偷环顾四周，
总觉得心里有些奇怪的感触。

千屈菜

长在海岸边的千屈菜，
开出那朵朵无人在乎的小花。

海浪不远万里向岸边跑来，
又紧接着向大海奔涌而去。

在辽阔的，辽阔的，大海中，
有小小的，小小的，一滴水，
无人理睬的千屈菜里，
淌着同样的一滴露水。

那是寂寞孤独的千屈菜花里，
流淌出的一滴露水。

天空与大海

春日的天空闪耀着，
如同丝绸般闪耀着，
为什么，为什么闪耀呢？

因为空中挂着，
闪耀的点点繁星。

春日的大海闪耀着，
如同贝壳般闪耀着，
为什么，为什么闪耀呢？

因为海里埋着，
闪耀的颗颗珍珠。

好事情

陈旧的泥墙
倒塌了，
墙后的墓碑
露出了头。

道路右侧的
山阴处，
墓碑第一次
看到了海。

这也许会是
一件好事情，
每次路过
都很愉悦。

白天与夜晚

白天结束后
夜晚就到来，
夜晚结束后
白天就到来。

到哪里去
才能看到呢？

那根连着
这头和那头的
长长的绳子。

启明星

云雀在天上
找到了启明星。

船长的孩子在海上
找到了启明星。

中国的孩子在中国
找到了启明星。

谁会成为
那个富翁呢？

知道答案的，
只有那颗启明星。

那个孩子

——那个孩子被人带走了。
——那个孩子在向我呼喊。

——那个孩子去了哪里呢？
——或许去到了我的故乡。

——那个孩子是个坏孩子。
——虽然他是一个坏孩子，
但那个孩子的妈妈在这里，
一直等着他，一直想着他。

佛的国度

如果要去同一个地方，
那大家一定会选
我们最喜欢的佛的国度。

如果要与被枪支射杀的鸟儿
一起去同一个地方，
那一定要让那些乖巧的花儿，
唱着动听的歌谣为大家送行。

如果要去不同的地方，
那我们要去的地方
一定会是离佛的国度最远的地方。

像那种不好的地方，
我们是不应该去的呀。

那会是比中国更远，
比星星更高的地方。

桃子

一，二，三，
扑了过来。

摇啊摇啊摇，
桃枝不停地摆荡。

桃枝荡下来了，
但却总也抓不到。

一，二，三，
荡下来了。

忽地一下子，
桃枝又弹了回去。

这个桃子，那个桃子，真大啊！
那个桃子，这个桃子，好高啊！

皮球

追着皮球跑的城里孩子
不知不觉地跑到了另一个城镇。
突然从围墙上飞来一个球，
那是肥皂泡，倏地消失了。

追着皮球跑的城里孩子
跑到了乡下的一座房子前。
在房子的院子里找到一个球，
那是绣球花，忽地凋落了。

追着皮球跑的城里孩子
看向了湛蓝的天空。
在柳条一般的白云背后，
找到了那个发光的皮球。

小麻雀

有时我会有这样的念头。

请小麻雀来做个客，
给它们起名字，驯养它们，
让它们站在我的肩膀和手掌上，
然后带着它们去外边玩耍。

但是我却经常把这念头忘掉。
因为好玩的东西太多了，
总会不小心把小麻雀给忘掉。

当我再想起来时，夜幕又已经降临，
而夜里却又找不到小麻雀。

如果小麻雀知道我这个念头，
一定会一直白白等待吧。

我，真是一个坏孩子。

堆起

小鸟
用麦秆
堆起了一座巢。
那些麦秆
那些麦秆
又是怎么来的？

石匠
用石头
堆起了一座墓碑。
那些石头
那些石头
又是怎么来的？

我
用沙子
堆起了一个沙盘盆景。
那些沙子
那些沙子
又是怎么来的？

世界上的国王

我想把世界上的国王都召集起来，
对他们说："今天的天气很好。"

国王的宫殿都很大，
他们一定不知道这样的好天气。
因为他们看不到美丽的天空。

我想把世界上的国王都召集起来，
见了这样美丽的天空，
他们一定会比当了国王
更加，更加感到开心。

时间爷爷

哒哒哒，匆忙地奔跑着，
那是忙碌的时间爷爷。

只要是我有的东西，
什么都可以送给您。

有洞洞的石头，带条纹的石头，
还有好多蓝色的玻璃球。

年久奇特的歌剧画片，
和镀了银的簪子也都可以送给您。

哒哒哒，不停地奔跑着，
那是巨大的时间爷爷。

只要您能将祭典的时间，
现在就立刻带来的话。

酸橙林

橙林里的橙树，
都被砍倒了，根也被挖走了，
只剩下空荡荡的一片地。

不知道大人要在这里种什么，
要是种上茄子就不能再荡秋千了，
（萤火虫倒是可以接着荡秋千）
要是种了豆子也没办法去爬树了。
（杰克的魔豆的话倒也能往上爬）

橙林里的橙树，
果子还没长熟就被砍倒了，
又少了一处玩乐的基地。

船帆

鲜鱼市场

晚潮
在海峡里面，
打着旋儿。

暮色
从远方靠近，
一脸躁动。

撤了摊位的
鲜鱼市场里，
海上飘来乌云，
窥视着，窥视着。

孩子们，孩子们，
都跑去哪儿了？
仰望着，仰望着，
又在看什么呢？

夕阳下的天空
染上秋刀鱼的颜色，

默默飞过

一群乌鸦。

夏越祭典 [①]

气球
飘来飘去，
被瓦斯灯照着。

挂满走马灯的街道上
人来人往，
刨冰店里传来清爽的削冰声，
只是听着就感觉身心凉爽。

在这祭典的深夜，
银河在空中
发着白蒙蒙的光。

转过一个十字路口，
看到被照亮的气球
渐渐在星空中黯淡。

---

① 日本每年 6 月最后一天为了庆祝安稳度过这半年，以及为了洗净 1 月到 6 月期间积累的污秽，保佑接下来的日子也能健康地度过，会举办"夏越大祓"。同理，12 月最后一天也会举办"年越大祓"。此处即为 6 月 30 日举办的"夏越大祓"。

雨天的五谷祭

一场大雨后，
五谷祭的夜晚来临，
夜空中闪出几颗星星。

没人从这片泥泞通行，
都提着灯笼向别处去。

远处街道驶过一辆车，
伴着一声声欢声笑语，
听着像是开到了天上。

一个，两个，三个，
夜空中的星星变多了。

不知谁家门前的灯笼，
也随之一盏盏熄灭了。

夏天的夜晚

入夜了，
天空的颜色依旧明亮，
夜空中星星在
吹着口琴。

入夜了，
街道上依然人来人往，
一辆空马车嘎啦嘎啦，
像跳着舞一样跑过。

入夜了，
地面的颜色依旧明亮，
仙女棒烟花不断燃烧，
红色的火星四处溅射。

鹎越 ①

鹎越的陡坡处，
蚂蚁的大军
前来征伐。

进攻的平家军
是一个梨核儿，
是被我丢掉的
梨核儿。

午后
山顶上的茶馆处，
松叶随风摇动，
伴着蝉鸣阵阵。

蚂蚁的大军
英勇奋战，
成功夺下
梨核儿的城池。

---

① 鹎越为古代日本地名，位于神户市西部至六甲山一带。1184 年源氏和平家两大
军团在此地决战，史称"一之谷战役"。在此战役中平家大败。

大象的鼻子

向着，向着
山顶上，
一头白色的巨象。

向着，向着
天空中，
大象伸着长鼻子。
——碧蓝的天空中，
缺失的细长象牙
正缓缓飘在空中。

向着，向着
那远方，
鼻子不断地伸长，
却是依旧
够不到。
灰蒙蒙的天空渐黑。
——安静的天空中，
够不到的象牙，
愈发明亮。

文字烧

文字烧的香味，
随着雨声飘来，
门外淅淅沥沥的雨声。

零食店深处漆黑一片，
隐隐约约
闪烁着烟头的火光。

那边的十字路口站着五六个人
一起交谈，
能听到他们在互相道别。

文字烧的香味，
随着雨声飘来，
门外淅淅沥沥的雨声。

走在海上的妈妈

妈妈，不要啊，
那边，是大海呀！
快看，这里是港口，
这些椅子，就是小船，
要从这里走，
就一定要坐船呀。

哎呀，哎呀，不可以，
在海面走的话，
会被水呛到呀。
妈妈，求你啦，
快别笑了，
快点，快点，上船呀。

妈妈还是走掉了。
但是，但是，没关系，
我的妈妈，很厉害，
能在海面上行走。
多厉害呀，
多厉害呀！

船帆

来到海边，
在礁石后面
看到一个立着的船帆。

突然想在海边捡一捡贝壳，
捡着捡着，
那边挂着帆的船
却突然不知漂到何处了。

就那么不见了，
不知碰见了谁——
不知发生了什么事——

初秋

周日，白色的庄严的银行旁，
叽叽吱吱地，蟋蟀在鸣叫。

清晨浅白色的天空中，
有几只蜻蜓飞来飞去。

（秋天一早，
就来到了港口。）

周日，白色的庄严的银行下，
有太阳为它做好的清晰的影子。

粘到白丝的蝉被电线缠住，
扑棱扑棱地扇动它薄薄的翅膀。

彼岸花

村里的祭典
夏天时举办，
白天就开始
燃放着烟花。

邻村的祭典
秋天时举办，
后巷的小路
撑起遮阳伞。
土地的下面
住着的人们，
帮我们一起
点燃仙女棒。

绽放出火红的
火红的彼岸花。

小女孩与小男孩

春日的街道上，
散落着红色的传单，
散落着蓝色的传单。

一个小女孩
捡起红色的传单，
折出一件红衣裳，
给小石子儿穿上。
捧着它一句一句，
小声唱着安眠曲。

一个小男孩，
捡起蓝色的传单，
拿着蓝色的传单，
着急地跑回家去。
电报，电报来啦，
大声用力喊叫着。

落叶纸牌

山路上散落的纸牌
是什么牌？
在金红色落叶的纸牌上，
虫子留下啃食的印记。

山路上散落的纸牌
谁会来读？
黑色小鸟用黑尾巴，
一片片翻开叽叽读着。

山路上散落的纸牌
谁会来捡？
吹来吹去的这股山风，
一下子就抢走了。

纸团手枪 ①

纸团手枪，
砰，砰，砰。

昨天还没见过呢，
今天就流行开了。

大家砍来矮竹子，
大家一起团纸团。

纸团手枪，
砰，砰，砰。

昨天明明还很热，
一下就到了秋天。

大家都削着竹子，
一起抬头看天空。

---

① 以纸团为子弹的一种竹制的玩具枪。

破了的帽子

小皮球滚啊滚，
从手中滑掉滚跑了，
被路边的小乞丐捡了起来。

我想去把皮球要回来，
可是觉得乞丐有些可怕，
只是站在一旁盯着看，
他却突然把球丢了过来。

小乞丐像是要离开，
把脸扭向了另一边。
他头上戴着一顶大大的草帽，
是一顶松松垮垮的、破了的帽子，
忽地帽檐儿掉了下来，挂在了脖子上。

小乞丐转过身来，
哈哈哈地笑了起来。
我也不由得一起
哈哈哈地笑了起来。

小乞丐戴着破帽子走远了，
许多蜻蜓跟在后面，在空中起舞。

涂鸦

听着雨声
淅淅沥沥，
看着墙上
一处涂鸦。

不知何时
谁人作画，
像我一般
拙劣的画。

药香弥漫
沁人心脾，
独自坐在
大火炉旁。

仔细凝视
这幅涂鸦，
墙上少女
那副面庞。

远处的火灾

远处发生了火灾，
大家却忘我地玩耍着，
玩起打仗的过家家。

火灭啦，火灭啦，
有人从远处喊着跑来。
一个"工兵"，当着大家的面，
成功夺走了敌人的"地雷"。

分出胜负之后，
大家仍聚在路旁打闹，
完成任务的消防队
吹着收队的喇叭经过。

大家默默地目送着他们，
望着黑色水枪射过的天空，
月亮只露出了一半，
像是在撑着一把大伞。

占卜

夕阳
灿烂，
红色的草鞋
被我扔出。

红色的草鞋
底朝上，
再一次被扔出。

直到鞋面朝上，
我一遍又一遍
把它扔出。

夕阳
灿烂，
向着天边
把草鞋扔出。

全部都喜欢   、

我想要变得
无论什么，全部都喜欢。

无论是葱，番茄还是鱼，
一个不落，全部都喜欢。

因为家里的饭菜，
都是妈妈给做的。

我想要变得
无论是谁，全部都喜欢。

无论是医生，还是乌鸦，
一个不落，全部都喜欢。

因为世上的一切，
都是神明创造的。

大篮子

篮子，篮子，
大大的篮子。
走到广阔的田野，
摘满一篮子艾草，
城里的孩子们就会围上来。

不过城里的孩子们不知道，
为了把艾草都卖到城里去，
田野里的艾草已经
被乡下的人们摘光了。

到了端午节，春色尚浅，
艾草也只刚刚长出嫩芽，
明明一摘下来就会枯萎，
明明一摘下来就会枯萎。

篮子，篮子，
大大的篮子。
每一个孩子，都很开心。

花儿的使者

白菊花，黄菊花，
雪花一样的白菊花。
月亮一样的黄菊花。

每个人都在看，
我，和花。
（菊花很漂亮，
我捧着菊花，
所以我也一定很漂亮。）

去姑姑家的路还很远，
秋天风和日丽，真好啊！
当花儿的使者，真好啊！

坟墓

在墓地的后边，
建了一堵围墙。

坟墓
从此，
看不到大海了。

看不到载着孩子们的
小船在海上航行了。

在海边的小路上，
建了一堵围墙。

我们
从此，
看不到墓地了。

每次经过只好看看贝壳，
看海边的小小的圆圆的贝壳。

被训斥的哥哥

因为哥哥挨了训斥，
害得我也不能出门。
只能待在家里，
把背心上的红色系带
一会儿系上，一会儿又解开。

可是，后街的空地上，
从刚才开始，
就能听出孩子们在做游戏，
还能听到一两声老鹰的鸣叫。

我的头发

我的头发亮亮的，
是因为妈妈总是抚摸它。

我的鼻梁低低的，
是因为我总是爱撒娇。

我的围裙白白的，
是因为妈妈帮我清洗它。

我的皮肤黑黑的，
是因为我喜欢吃炒豆。

月亮

黎明的月亮

挂在山边上。

饲养在笼中的白鹦鹉，

睁开惺忪的睡眼一瞧，

哎呀哎呀，是老朋友啊，喊它一声吧。

正午的月亮，

沉在池塘里。

头戴草帽的孩子来到岸边，

拿着渔竿，盯着池塘看。

真漂亮呀，钓上来吧，它会上钩吗？

夜晚的月亮，

藏在枝头里。

有一只红喙的小鸟，

滴溜溜转着眼珠打量着。

这可真是，熟透了呀，尝它一口吧。

初雪

下雪了，
下雪了，
接到手里，
突然想起了
春夜里的
女儿节。

那天也是这样的细雪，
邻居家的人偶
在昏暗仓库的一个角落，
躺在各自的小箱子里。
外面啪啦，啪啦，
断断续续传来
雪块敲打屋檐的声音。

下雪了，
下雪了，
又一场初雪啊。

冬夜的星星

在冬夜的
街道上，
一个小姑娘，
望着夜空
轻轻说道：
——这寂静的寒冷，
快结束吧。

在冬夜的
夜空中，
一颗星星，
最亮的
那颗星星
回答道：
——可以啊，
就照你说的那样。

店里的事情

屋外霰雪纷飞，
伴着狂风钻进屋来。
一位客人带着霰雪，
走了进来。
（晚上好。
晚上好，欢迎光临。）

发条时钟吱嘎吱嘎，
客人把它拧响了。
混着门外的雪声，
一起唱起了歌。
（再见了。
再见，多谢惠顾。）

发条时钟吱嘎吱嘎，
还在继续唱着歌。
一直听啊听，
回过神来，
外边的霰雪早已停了。

年末年初

哥哥出去讨账，
妈妈在家装饰，
我来准备礼物。
镇上的人们都急匆匆的，
街道处处洒满了阳光，
到处都显得亮堂堂的。

浅蓝色的天空中，
老鹰静静地画着圈。

哥哥换上绣着家纹的和服，
妈妈换上去做客的和服，
我也换上长袖的和服。
镇上的人们都在玩耍，
家家都装饰着门松，
接住了飞散的雪花。

淡墨色的天空中，
老鹰画出一个大大的圈。

玻璃之中

透过玻璃望到屋外下着雪，
像花一样悠悠飘荡在空中。
透过纸拉门的彩绘玻璃，
我在被炉中观察着外面。

大雪纷纷扬扬，
祖母要去屋外的小木屋取柴火，
她在纷扬的大雪中一步一步，
慢慢地，
祖母的背影消失不见了。

酢浆草

跑着爬上
寺庙的石阶。

参拜过后
又跑了下来，
不知怎的，
突然想起来。

石头缝中
酢浆草长出的
小小的红叶。
——仿佛在很久以前
就见过它一样。

金黄色的小鸟

街道

驶过，驶过，
春日的街道。
跑啊，跑啊，
竖着跑来跑去。

货运车，马车，
汽车，自行车。

走过，走过，
洁净的街道。
走啊，走啊
横着走来走去。

讨饭的孩子，
炊烟的影子。

丝绸的船帆

国王命令船上的帆，
必须非常薄。

匠人找来淡紫色丝绸做的帆，
漂亮又轻薄。
港口的街道透过它
都变成美丽的画。
虽然是非常漂亮的船帆，
可是风一吹来，
帆却破了一个洞。

国王又下了命令，
要求船帆留出让风通过的缝隙。

匠人又找来淡紫色的轻薄丝绸，
这次国王很满意，
为丝绸的帆绣上皇家的纹章。
虽然是非常漂亮的船帆，
可是风一吹来
全都从帆上透了过去，

船不能出航，
在水上一动也不动。

乡村与飞机

飞机从空中飞过，
村里的人都跑出来看。

点心店里空无一人，
理发店的镜子里也空空的。

大家都在外面呆呆地
张着嘴仰望着春日的天空。

像是成群飞翔的小鸟一样，
传单被风吹起在空中飘舞。

飞到我家的庭院里，
像樱花一样翩翩落下。

飞机飞过了村庄，
可村里的人还在外边呆愣着。

桃花的花瓣

刚探头的，绿油油的
初春的小草上，
落上了桃树上飘下的朵朵桃花。

枯萎了的，寂寥的
竹墙边，
落上了桃树上飘下的朵朵桃花。

潮湿的，黝黑的
田野间，
落上了桃树上飘下的朵朵桃花。

太阳公公
欣然欢喜地
呼唤着花儿的灵魂。
（从小草上、竹墙边、田野间
摇曳着升到空中来吧。）

画框里

画框里来往的人群，
被映射在镜子里。

穿着白色浴衣的阿姨，
踩着红草莓走向远方。

撑着黑色雨伞的药商，
拨开葡萄藤走向远方。

红色的草莓多到铺满地，
紫色的葡萄多到堆成山。

画框里是一个美好的国度，
是谁也进不去的，美好的国度。

画框里人来人往，
正午的街道上人来人往，
看着画框里的国度，
一个人在家也很开心。

碗与筷子

即使是正月的寒冬，
依旧有花儿盛开，
开在我画着浮世绘的碗上。

即使是四月的春日，
也有芽儿不会绽放，
它们就长在我绿色的筷子上。

火车的窗外

远处的山上一片红色，
那是什么呀？

那是野漆树，长满了红叶，
总觉得有些可怕，红里透着黑。

远处的村里一片红色，
那是什么呀？

那是熟透的柿子果，
看着就很好吃，红里透着黄。

远处的空中一片红色，
那是什么呀？

那是火车映射的灯光，
一片黯淡的红，红里透着寂寥。

金黄色的小鸟

树叶变成了黄金，染上了金黄，
那么我也变成金黄色吧。

远方的国王一定会派遣使者，
抬着装饰着珠宝的轿子来迎接我，
一定，一定会来迎接我。

金黄的树叶凋落了，
但也依旧是黄金的颜色。

等到了明天，一定也会变的，
黑色的我会变成金黄色。

金黄的树叶最终还是腐朽了，
仿佛泛着黑色的光。

海浪

海浪是小孩子，
它们手牵着手，欢笑着，
一起从海上奔来。

海浪是橡皮擦，
它们会把沙滩上的文字，
擦得干干净净。

海浪是士兵，
从大海上冲来，一齐
哗啦哗啦地射着子弹。

海浪是粗心鬼，
总是把美丽漂亮的贝壳，
遗落在沙滩上。

女王

如果我当上女王，
我会召集全国的点心店，
让他们搭建一座点心的高塔，
我坐在塔顶的椅子上，
一边舔着甜甜的铅笔，
一边写下各种各样的法令。

最先颁布的法令是：
"住在我的国家里的人们，
不允许留孩子一个人看家。"

这样的话，别的孩子就不会
像我现在一样孤单寂寞了吧。

然后颁布的下一道法令是：
"住在我的国家里的人们，
不允许有比我的更大的皮球。"

这样的话，我就不会
想再要一个更大的皮球了。

推车

在车后推车，
一二，一二。
嘿哟，真沉啊！
到上坡路了，
汗水淌啊淌，
渗进了土里。

在车后推车，
一二，一二。
哎呀，好快啊！
到下坡路了，
路边的石子
排成了条状。

在车后推车，
一二，一二。
一直看着
脚下的路，
发现了一朵
鲜红的玫瑰花。

牡丹花发簪

渔民家的女孩在家照顾弟妹，
忙得头发乱成了一团。
一只小麻雀心想：这可真是不错。
把头发当成了鸟窝打算住下，
碰到了被晒得滚烫的牡丹花发簪，
叫着好烫，好烫，
飞走了。

天黑了，牡丹花枯萎了，
小女孩只好从头上摘下扔掉了。
妈妈正好赶海回来了，
温柔地为女儿梳起了头发。

小麻雀悄悄飞到屋檐下，
搭起了新的巢穴。

洋片

放洋片啦！
争着看的，
都是一些小孩子。

直到去年，
每次和妈妈来参拜，
经过的时候，
总会乜斜着眼看上一看，
最后也只好咬着手指，
跟着妈妈从那里离开。

但是今天，
我是一个人过来的，
也拿着亮闪闪的银钱。

放洋片啦！
争着看的，
又是另一群小孩子。

周六周日

周六是叶子，
周日是花儿。

挂历上
叶子被撕下来，
周六的晚上
多么快乐。

这下花儿
很快也会枯萎了。

挂历上
花儿被撕下来，
周日的晚上
多么寂寞。

大狗与小鸟

大狗的叫声，
最让我讨厌。

但小鸟的叫声，
却最让我喜欢。

那我的哭声，
像大狗还是小鸟的叫声呢？

山里的孩子，海边的孩子

来城里观光的山里的孩子啊，
城里都有什么呀？

黄昏的十字路口处，
晚归的人群熙熙攘攘。
一株茱萸花孤单地伫立，
没有被踩，
却像林中小屋的灯光那样
独自悄然凋零。

来城里观光的海边的孩子啊，
城里都有什么呀？

电车轨道旁的小水洼里，
映出一片美丽的蓝天。
宛若白天孤独的星星，
水中浮现着鱼鳞状的云朵。

将军

等我当上将军的时候，
小巷里那些爱欺负人的家伙
要是对我无礼的话，
我就会昂着头，嗒嗒，嗒嗒，
骑着马从他们身边跑过。

等我当上将军的时候，
庄稼地里的稻草人
要是对我失礼的话，
我也会礼貌地
不去理会。

等我当上将军的时候，
要是父亲来找我，
训斥我的话，
我就让他骑上我的马吧。

抽陀螺

以前流行过拍画片，
也流行过打弹珠，
但是都被学校禁止了。

最近正流行的抽陀螺，
也被学校禁止了。

大家都藏起来偷偷玩，
有时我也想玩一玩。

但是我转念一想，
石头和小草
就连走路都被禁止了。

拉货马车

马儿低着头走着，
想要踩一踩自己的影子。
踩那奇怪的耳朵的影子，
低着头急匆匆地走着。

车夫抬着头看天，
坐在空荡荡的马车上。
嘴里抽着大大的烟斗，
抬着头悠哉地望着天。

天空中，
云朵洁白得发亮，
昨天的火灾就像是消失了一样。
今天的小镇上已然一片春色了。

踏步

空中飘来裙带菜般的云朵，
昭示着春天的到来。

我独自看着蓝天，
一个人踏起步来。

我独自踏起步来，
一个人笑了起来。

我独自笑了起来，
大家也跟着笑了起来。

墙根处结出嫩芽，
处处昭示着春天的到来。

开店游戏

在阴凉的杏树下，
摆出了三家店铺。

装饰各不相同，
商品却都是树叶。
不起眼的树叶
因为没有名字，
所以叫它什么都行。

点心店里
卖的是龟甲状的仙贝。
鞋店里
卖的是成堆的草鞋。
鱼店里
卖的是鲷鱼和比目鱼。

快来吧，开店啦，
请大家都来逛一逛吧。
小石子儿的钱币
也都记得带够啦。

排成一排的

三家店铺上，

风儿拂过杏树，

杏花一瓣瓣飘飘落下。

花津浦

站在海边眺望花津浦，
耳边总会响起
"很久很久以前……"的声音。
每当在海边眺望花津浦，
心中总会感到孤寂，
回想起以前的事情。

以前我曾向邮局的叔叔问起
花津浦这地名的由来。
他对我讲起"很久很久以前……"的故事。
他现在又在什么地方，正在做什么呢？

越过鼻尖继续望去，
一艘船驶过，消失在远方。

如今依旧，有夕阳映红海面，
如今依旧，有船儿驶向海浪。

"很久很久以前……"

花津浦，

便从来没有变过。

弁天岛

"多么漂亮的岛屿啊，
只在这里能看到太可惜了，
让我拴上绳子把它拉走吧。"

从北方国度来的水手，
某一天这样笑着说道。

骗人的，肯定是在开玩笑呢，
我这么想着。
可是到了晚上，
我还是非常担心。

天亮了，心里扑通扑通地，
我急匆匆地跑到了海边。

弁天岛依旧伫立在海面上，
沐浴着金色的阳光，
焕发着生命的绿色。

王子山

因为要新建一座公园，
原来种植的樱花树都被砍倒了。

可是剩下的树墩上，
全都长出了新芽，长势也很好。

透过树丛看到亮闪闪的银海，
那里就坐落着我们的小镇，
像是龙宫城一样浮在其中。

银色的瓦砾和石围墙，
像是梦境一般，朦胧着。

像这样从王子山眺望镇子，
会让人更加喜欢。

山上看到的小镇不会有晒鱼干的味道，
只充斥着可爱的嫩芽散发的清香。

小松原

小松原上，
松树越来越少了。

伐木的老爷爷，
正在锯一棵大松树。

松树被砍倒，运走，
之后就能在远处看到
若隐若现的运货的白帆船。

海鸥在海面上飞翔，
云雀在天空中啼叫。

海面上和天空中都是春天的景象，
可松树和伐木老爷爷却显得有些寂寞。

到处都在搭建新家，
可小松原上，
松树却越来越少了。

极乐寺

极乐寺的樱花是八重樱，
八重樱，
外出跑腿的时候看到了它。

在小巷的十字路口拐弯时，
拐弯时，
用余光不经意地瞥到了它。

极乐寺的樱花是土樱花，
土樱花，
是只会在土地上绽放的花。

带好了海带饭团的便当盒，
便当盒，
带着便当就要去赏樱花。

海上的桥立

海上的桥立是个好地方，
右边是湖泊，水鸟正嬉戏，
左边是外海，白帆正驶过，
里面有松原，正是小松原，
海风徐徐地吹着。
海上的海鸥飞来
与湖里的鸭子
一同玩耍着，
夕阳落下，
苍月升起，
湖里的小精灵
跑到沙滩上
捡起了贝壳。
海上的桥立是个好地方，
右边是湖泊，平静的湖水，
左边是外海，汹涌的海水，
里面有石原，正是小石原，
走起来沙沙作响。

大港口

参加完山上的庙会后，
下山时伯母送了我一段路。
告别后从山顶走下来的时候，
透过杉树的树梢钻来刺眼的光，
顺着望去，看到了亮闪闪的大海。

海面上停着船，都收起了帆，
岸边零散地点缀着几间茅草屋，
仿佛都飘在空中，
仿佛都处在梦境。

走下了山就是一片荞麦田，
在田地的尽头处，
果然可以看到一处港口，
一个老旧又寂寞的大港口。

祇园社

松叶的叶子
簌簌落下，
神社的秋天
静默寂寥。

昨夜的歌啊，
瓦斯的灯光，
系着红丝带的
肉桂树。

此时
废弃的冰屋里，
阵阵秋风
轻轻拂过。

栗子、柿子和绘本

伯父寄来了栗子，
舟波山里的栗子。

栗子壳里夹着一片
舟波山里的绿松叶。

叔母寄来了柿子，
丰后乡镇的柿子。

柿子皮上爬着一只
丰后乡镇的小蚂蚁。

城里的家中，
寄来了一册漂亮的绘本。

可是打开包裹之后，
除了绘本还会有什么呢？

十三夜 ①

今早
下了一阵小雨，
雨里还夹杂了一些小冰粒。

昨天
突然刮起了寒风，
妈妈给窗户多糊了几层纸。

现在
连天上的云朵也瞧不见，
是寒冷的十三夜。

院里
在草丛中鸣叫的小虫，
也突然平静下来，悄无声息。

---

① 阴历九月十三日的夜晚。

奶奶病了

奶奶生病倒下了，
院子里的杂草长长了。

剪了一朵
经常在早上绽放的花，
插在了佛龛上。
蔷薇花的叶子长满了窟窿，
松叶和牡丹花也枯萎了。

从附近走来的小鸡，
好奇地
歪着头在院子里打量。

白天院子里也静悄悄的，
仅有秋风拂过，
家里变得像是空房一样。

明天

问雪

落到海里的雪，会变成海水。
落在街上的雪，会变成泥泞。
落在山上的雪，依旧还是雪。

还在空中飞舞的雪啊，
你想落到哪里呢？

大澡堂

非常大的
大澡堂。
澡盆是白色的沙滩，
屋顶是湛蓝的天空，
无论谁来洗澡，
都不收钱。

这边我在啃西瓜，
那边弟弟在玩玩具。

在远到看不清的浴池那端，
黄皮肤的中国孩子们也在泡澡吧，
黑皮肤的印度孩子们也在玩耍吧。

连接着全世界的
大澡堂，
多么美妙的澡堂。

拐角处的杂货店

——真实记录我老家的街道

拐角处的杂货店外
装盐的草篓上，
洒落的阳光
正一点点倾斜。

边上是一座空宅，
门外放着空空的米筐。
几只流浪狗
正滚着它玩耍。

再往前有个酒家，
烧酒用的木炭篓旁，
从山里运货来的马
正在吃着作为饲料的干草。

最后是一家书店，
门外立着告示牌，

长长的影子里

我正向着街道眺望着。

歌谣

感冒治好了，
我走出家门，
却看到大家都穿着背心。

大家聚在一起唱歌，
我停下来听，
"嗨呀，嗨呀，嗨……"

是从没听过的歌谣，
我一边听着，
一边把手插进怀里，
向山上望去，
已是漫山遍野的红叶。

周日的早上

蓝色的西装
跟着爸爸，
一起去了圆屋顶的教堂。

白色的围裙
跟着妈妈，
在十字路口卖着清晨的报纸。

夏天来了，
天空也一片蓝色。

教堂的
圆屋顶上，
昨天飞回来的燕子
都落在那里东张西望。

周日的下午

手上拿着的是
蓝白相间的
十二竹 ①。

拿着竹子玩耍的小美，
被叫走去帮忙跑腿了。

早上起来就计划复习，
可现在已经是
玩累了的周日的下午。

在放晴的天空中能看到
远处澡堂的烟囱，
和白昼的月亮。

---

① 一种竹子做的儿童玩具。

广告塔

再见了，
再见了——

火车后的红色尾灯，
逐渐消失在远方的黑暗中。

和它告别，
我转过身，
繁华的春夜街景
映入眼帘。

广告塔下的红灯，
马上就要变绿了。

十二竹

受委屈了，
发起了脾气，
怀揣着无处发泄的怒气，
将手里的十二竹丢了出去。
阳光非常明媚，
竹片落在地上，
浓绿色的竹片
在阳光的照射下
近乎一片白色，发着光。

一直陪我玩的十二竹
却反而因为我受了伤。
一想到这里，
就有眼泪
浮现在眼前——

小小的墓碑

小小的墓碑，
圆圆的墓碑，
爷爷的墓碑。

我去年来时，
把百日红花
插在了头上。

今日再来时，
又多了许多
新立的墓碑。

上千的墓碑，
都是哪来的？
是石匠做的。

今年的花儿，
还是百日红，
供在墓碑下。

鲸法会

鲸法会通常会在暮春，
可以从海里捕到飞鱼的季节举办。

会在海滨寺庙的鸣钟，
摇出的声音从海面上掠过时举办。

会在村里的渔夫们穿上羽织，
着急地赶往海滨寺庙时举办。

远处的海面上鲸鱼的孩子孤身一人，
一边听着那口鸣钟的钟声，

一边怀念着死去的爸爸、妈妈，
怀念着、怀念着就哭了出来。

海面上的钟声向远方掠去，
究竟会响彻到什么地方去呢？

朔日

朔日到了，朔日到了，
清晨的天空十分美丽，
从今天起我要换上单衣。

朔日到了，朔日到了，
巡警叔叔也穿上了白制服，
手臂上挂着的黑纱更显眼了。

朔日到了，朔日到了，
晚上会有僧侣来祭祀，
结束后就能领到小点心。

朔日到了，朔日到了，
今天的天气非常好，
城里就要开始过夏天了。

达摩比赛

白队赢啦，
白队赢啦！
大家高举双手：
"太好了！万岁！"
看向红队那边喊道：
"万岁，万岁！"

红队队员们
一言不发。
正值秋日的正午，
空中射下刺眼的阳光，
射向那沾上了泥土，
倒在地上的红达摩身上。

随着老师
"再来一局"的喊声，
"万岁……"的欢呼声
也渐渐变小了。

黄昏

昏暗的大山上，
打开了一扇红色的窗户。
透过窗户能看到，

空荡荡的摇篮和
噙着泪水的母亲。

明朗的夜空中，
升起了一轮金黄的月亮。
月亮上面能看到，

金灿灿的摇篮和
睡得正香的婴儿。

跳舞的人偶

跳舞的人偶，
站在小铁盒上，
今天也在货架的一角不停地转着圈。

身前闪烁着夜市的瓦斯灯，
站着七八个想要买它的孩子。

人偶转啊转，
一旁是漆黑的大海，
船上的灯也在闪烁。

跳舞的人偶
是从海的那边来的，
它回想起来时那条遥远的航路，

眼中开始涌出了泪水，
但脚下却依旧不停地一圈一圈跳着舞。

人偶转啊转，
在夜市的瓦斯灯下跳着舞，

还有两个身穿和服的少女，

即使夜深，也舍不得离去。

不认识的阿姨

一个人蹲在院子角落
透过杉木篱笆向外看，
一位没见过的阿姨
从篱笆外走了过去。

我喊了一声阿姨好，
她像是认识我一般微笑起来，
我也回了一个微笑，
她笑得更灿烂了。

不认识的阿姨
真是一个好人。
她没入盛开的石榴花海，
向远处走去了。

数字

二加三等于五，
五加七等于十二。

刚刚升上一年级时，
我来到海边捡石子儿，
用它们就能学算数。

几万，几千，几百，
要想用它们
来做这些加减乘除，
就得像圣诞老人那样，
背上沉甸甸的一大袋的石子儿。

可是一支轻轻的铅笔，
就能把这些数字都写出来，
真令人欢喜。

聪明的樱桃

从前有一颗非常聪明的樱桃，
这一天，突然飞来一只小鸟，要把它吃掉。
它在叶子下面思考，
"等一等！我还是青色呢，
你这只不讲礼貌的小鸟。
要是把我吃掉了，会坏肚子的，
我这可是为了你好。"
说完，樱桃就又藏回到叶子底下，
这回藏得让谁也找不到，
小鸟没能找到，太阳也没能找到，
于是也就没能给樱桃染上红色。

终于，樱桃成熟了，
又飞来一只鸟，闻着果实香味找到了它。
它依旧在叶子下面思考着，
"等一等！养育我的是这棵树，
栽培这棵树的是那位年迈的果农，
你可不能直接吃掉我。"
说完，樱桃又藏得更深了，
等到果农爷爷拿着果篮来采摘时，

也没能发现它。

最终，这天来了两个孩子，
站在树下发现了它。
樱桃又开始思考，
"等一等！孩子有两个，
可我只有一颗，
可不能让他们两个为我争吵，
我不落下去是为了他们好。"
可是这天晚上，
熟透了的樱桃还是落了下来，
一只黑色的大鞋子走过，
踩烂了这颗聪明的樱桃。

大山和天空

如果大山都是玻璃做的，
我一定也能看到东京吧。
——就像坐着火车，
去了东京的哥哥那样。

如果天空都是玻璃做的，
我一定也能见到神仙吧。
——就像飞上天，
成了天使的妹妹那样。

海浪的摇篮曲

睡吧，睡吧，哗啦啦。
哗啦，哗啦，快睡吧。

大海下面贝壳的孩子，
躺在海藻的摇篮中睡着了。

睡吧，睡吧，哗啦啦，
十五夜的月亮，已经高高升起。

大海岸边螃蟹的孩子，
躺在沙子的棉被里睡着了。

哗啦，哗啦，快睡吧，
睡到黎明的太阳将天空都染白了。

学校
——赠友人

寒冰融化之后，
从湖底
会映出
学校吧。

坐落于芦苇的阴凉中，
在水面上不停摇晃着，
红色的瓦片，白色的墙壁，
也都摇晃着。

芦苇枯萎，
湖水结冰，
学校又消失得无影无踪。

可是等到寒冰融化，
湖底还会再映出
一样的影子吧。

等到芦苇再生成阴凉，

湖底的学校，
也总有一天会再鸣响钟声吧。

明天

在街上走时
偶然遇到了一对母子，
不经意地
听他们说到了"明天"。

在街道尽头
天上正烧着晚霞，
也能感到
春天就要到了。

不知怎的
我也莫名高兴起来，
一定是因为
那句"明天"。

牵牛花

蓝色的牵牛花向着那边绽开了，
白色的牵牛花向着这边绽开了。

一只蜜蜂，
飞到这两朵花边来采蜜。

一顶太阳，
对着这两朵花洒下阳光。

蓝色的牵牛花向着那边凋谢了，
白色的牵牛花向着这边凋谢了。

到这里故事就结束了，
好了，再见。

冻伤

在小阳春 ① 暖洋洋的天气里，
手上的冻伤感觉痒酥酥的，
后院的山茶花也都绽开了。

折下一朵花，插到了头上，
不经意间瞥到自己的冻伤，
突然，觉得自己有些像
故事里那些被领养的孩子。

清澈的浅黄色天空，
突然也看起来变得有些寂寞。

① 冬天回暖和春天相仿的一种天气。

鹤

神社池塘里
挺立的丹顶鹤呀。

从你的眼睛看到的，
这世上的所有东西，
全都被一张网罩着吧。

无论是那晴朗的天空，
还是我这小小的笑脸。

神社池塘里的
一只丹顶鹤，
在网的笼罩下静静挺立着，
它张开翅膀时，
山的那头
跑过了一列火车。

节日的夜晚

牙齿好痛，
蛀牙好痛，
天上下起了小雨，
在这入了夜的节日。

纸罩的蜡灯
不知何时熄灭了，
灯上的公主和侍卫
一定是睡着了吧。

躺在被窝里
侧身看到
一个被褪下衣物的人偶，
白白净净的小脚丫。

牙齿好痛，
蛀牙好痛，
夜深了，让人感到寂寞，
在这节日的夜晚。

捡木屑

朝鲜族的孩子正在采摘什么？
是紫云英花还是艾蒿？
不对不对，植物应该都枯萎了。

朝鲜族的孩子正在哼唱什么？
是朝鲜族的歌曲吗？
不对不对，应该是日本的童谣。

朝鲜族的孩子看起来很开心，
正在捡着被刨除的木屑。
在木材加工厂后面的空地里。

捡起木屑，扎成小捆，
插到头上，就回了家。
回到小小的房子，
和妈妈一起做起了饭，
等着工作的爸爸回家。

捉迷藏

捉迷藏，藏好啦。
太郎，次郎，都藏好啦。
后院里只剩"鬼"孤单一人。
（向日葵在一点点转着，
倏地过去了五分钟。）
捉迷藏，大家都躲在了哪里？

太郎爬上院里的柿子树，
采摘起了青涩的柿子果。
次郎躲到黄昏下的厨房，
望着锅里一阵阵的蒸汽。

那抓人的"鬼"，又在做什么？

听到喇叭声跑到街上，
跟着远方来的马车跑走了。

院里的角落处有一棵梧桐树，
高大挺拔，静静地伫立着，
树影被黄昏渐渐拉长。

黎明之花

神社里敲起了太鼓，
可花儿还没睡醒。

清晨天色渐亮，雾气弥漫，
睡梦中的花儿清晰地听到
一辆马车从远处奔驰而来，
车轮声由远及近又渐渐消失。

那声音飞到花儿的梦里，
仿佛把花儿载到了
那遥远又陌生的土地上。

不知名的花儿，
挂着昨日的尘埃和清晨的露水，
静静地睡在小路的两旁。

野菠菜

野菠菜，野菠菜，
找到你啦。
在大豆田地的小路上。

遥远的故乡啊，当时的回忆，
几乎忘记了的，久违的味道。

这里是大城市的背面，
翻过一座山就能看见梯田，
远处汽船的笛子正呜呜叫着，
又不知从何处传来轰轰响声。

野菠菜，野菠菜，
咬着你，
仰望天边的时候，
叫不出名字的候鸟，
聚成一群，向远处越飞越小。

青蛙

被讨厌的孩子，
被讨厌的孩子，
无论什么时候，
大家都讨厌我。

不下雨时，小草就抱怨：
"怎么不让天下雨啊，你这偷懒的青蛙。"
可下不下雨并不归我管。

下起雨时，孩子又抱怨：
"就是因为这家伙乱叫，才开始下雨的。"
说着就都朝我丢起石头。

我难过又委屈，
明明什么都没叫，
这次索性赌气地
"下吧，下吧，下吧"地叫起来。

可我一叫天却晴了，
像是嘲弄我般，升起了彩虹。

纸星星

回想起
医院里那
脏了的白墙。

漫长的夏日里，
一天又一天
盯着看的白墙。

墙角的蜘蛛巢，
墙上的雨水痕，
还有那七颗纸星星。

每颗星星上都写着一个字，
是"祝你圣诞节快乐"这七个字。

去年那个时候，那张病床上
躺着一个怎样的孩子？
又怎样在雪夜里寂寞地
默默地剪着纸星星呢？

无法忘记

医院里

和那白墙一样

变了色的纸星星。

卷末手记

——写完啦，

写完啦，

可爱的诗集写完啦！

可我心中

与其说是激动，

更感到些许寂寞。

夏季已经结束，

秋天迅速到来，

看着手中握着的笔，

心中徒增一丝空虚。

这诗集该去给谁看呢？

连我自己都不太满意，

莫名地伤感。

（唉，最终还是

没能爬到山顶就回来了，

远处的山渐渐消失在云层中。）

总之
明明知道会感到空虚，
还是在这秋夜点灯，
只是一心沉浸写作，
完成了这本诗集。

明天开始，
还要写些什么呢？
莫名地伤感。